AF368037

RAFAEL AGUIRRE

LOS UCRANIANOS

Colección NADIR

LOS UCRANIANOS

1.ª edición, 2008

© 2008: Rafael Aguirre Franco
© de esta edición: ICG Marge, SL

Edita
Marge Books
València, 558, ático 2.ª
08026 Barcelona
Tel. +34-932 449 130
Fax +34-932 310 865
www.marge.es

Director editorial: David Soler
Diseño editorial y marketing: Hèctor Soler y Laura Matos
Producción editorial: Estela Serrano y Miquel Àngel Roig
Ilustración portada: Manu Uzkudun
Colaboración editorial: Roser Pérez
Impresión: Zero preimpresión, Molins de Rei (Barcelona)

ISBN: 978-84-86684-98-3
Depósito Legal: B.

Reservados todos los derechos. Ninguna parte de esta edición, incluido el diseño de la cubierta, puede ser reproducida, almacenada, transmitida o utilizada mediante ningún medio o sistema, bien sea eléctrico, químico, mecánico, óptico, de grabación o electrográfico, sin la previa autorización escrita del editor.

RAFAEL AGUIRRE

LOS UCRANIANOS

El protagonista de esta narración es un hábil intrigante cuya vida familiar ha fracasado. Lo ha conseguido todo como empresario y quiere ahora proyectarse en la sociedad. «Cuando tienes poder de mando y dinero, lo que importa es mostrarlo», le dijo un amigo. Para ello, decide formar la mejor trainera que nunca existió en el Cantábrico, contratando al equipo olímpico de Ucrania. Será su obra magna, la que le dará fama y prestigio proyectándole a un alto lugar de la política.

Los ucranianos nos introduce en el tráfago apresurado de personajes que se mueven en un mundo turbulento.

Rafael Aguirre Franco, autor de este libro, es también autor de una variada obra literaria.

PARA el grupo de cazadores que ocupaba anualmente el coto de Santa Inés, Andoni era mucho más que el cocinero. Cierto que tenía una mano especial para las alubias y el guisado de carne y que los postres de leche le salían redondos. Pero además el coto suponía una vasta organización y Andoni era un hombre de iniciativas, capaz de resolver cualquier problema sin recurrir a la ayuda de los socios que pagaban sus servicios.

En el coto se juntaban hasta veinticinco hombres, correspondiéndole a cada uno un puesto por sorteo, que rotaban cada día para dar a todos las mismas oportunidades. Andoni era el encargado de marcar los turnos y en los siete años que venían acudiendo al puerto de Santa Inés, junto a la laguna Negra de Vinuesa, nunca había cometido el menor error en las adjudicaciones. Suya era también la responsabilidad de acudir a la subasta anual celebrada en el ayuntamiento, acompañando a algún socio. Presidía el alcalde Pedraza, flanqueado por el secretario municipal y una funcionaria. Procuraba Pedraza celebrar el acto con la mayor solemnidad, pues el arrendamiento de cotos suponía un importante ingreso en el presupuesto municipal, al que se añadían los grandes consumos que hacían en el pueblo aquellos acaudalados cazadores.

Juanjo Erdocia, fundador y dueño único de Construcciones Urdiain, además de socio de otras varias empresas, estaba orgulloso de Andoni. Él le había recomendado como gestor del coto y en el largo tiempo que llevaba ocupándose había sabido ganarse el aprecio de todos. En el primer año de arrendamiento del coto, Andoni dejó la fundición donde trabajaba de jefe administrativo y pasó a Construcciones Urdiain, con la misma categoría pero mayores responsabilidades.

Es el primer día de caza, en una mañana soleada y con viento sur. Los presagios son malos, porque cuando sopla de ese cuadrante la paloma tiende a irse por los llanos y hay pocas posibilidades de que caiga un bando. El grupo desayuna sobre la gran mesa de madera: zumos, café, mermelada, tostadas, los huevos a la plancha, el beicon y alguna salchicha. En la sala del refugio habrá por las veinte personas, todos hombres porque la caza es un mundo vedado al sexo femenino. Formaban un grupo homogéneo en edades y ocupaciones. Aquellas jornadas en el coto suponían un punto de encuentro para hombres que procedían de un entramado social similar: propietarios de industrias, empresarios, directivos, algún profesional de la abogacía y la medicina. Para muchos de ellos, el placer más sentido era el del retroceso, la percusión violenta de la culata en el hombro.

A las ocho y media Andoni dio la orden de marcha. En la explanada junto al refugio lucían varios todo terrenos de alta gama, la mayoría de color negro donde resaltaba con toda intensidad el barro escupido por aquellos senderos de montaña. El puerto de Santa Inés estaba a tres kilómetros de distancia. Un pequeño grupo se puso en marcha para llegar a pie pero la mayoría subió a los vehículos, pues el camino llevaba hasta los mismos puestos. El monte aparecía cubierto de jaras y tomillo, con un chaparral en la cima.

Para esta temporada, el ayuntamiento había procedido a la sustitución de las escalas de trepa por escaleras en toda regla y un descansillo a media altura, mejora que sirvió para elevar la subasta hasta los 55.000 euros. El cambio no sentó bien al abogado Arriaga.

—Era el único ejercicio físico que practicábamos en el coto. Incluso tenía su pequeña dosis de riesgo. La temporada pasada bajé a casa con tres kilos de más.

—Es lo que tiene la caza de pluma, que no te mueves del puesto en todo el día.

—El pelo te hace sudar mucho más. Hace dos años, en Carrión de los Condes, nos tirábamos marchas de cinco horas por los campos de cebada, detrás de la liebre.

En aquella primera jornada de caza Juanjo Erdocia compartía puesto con Pedro Berra. Se lo había contado a Aldaia:

—Estudiamos juntos, primero con los jesuitas y luego en Deusto. Somos amigos, pero no nos parecemos en nada. Finalizada la carrera, él buscó la seguridad y sacó plaza de ingeniero en el Ayuntamiento de Bilbao. Un año, en la cena anual de la promoción, me dijo que había rechazado una oferta de Iberdrola para trabajar en Perú con la promesa de un ascenso a su vuelta. Ganaría más del doble, sin contar con los pluses y dietas. Pero no quiso saber nada de Iberdrola y siguió tramitando expedientes municipales. Es un hombre sin ambiciones.

La niebla se fue disipando y lucía el sol con fuerza. La pareja había acomodado sus escopetas de lujo contra la baranda y oteaba el horizonte del norte.

A las once y media apareció por los puestos el Patrol de la Guardia Civil, con los agentes Severino y Alfonso y el alcalde Pedraza, tres viejos conocidos del selecto grupo de cazadores. Bajó a recibirles Juanjo Erdocia, a quien implícitamente se aceptaba como representante del grupo. La mayoría siguió al acecho.

—He subido a darles la bienvenida —dijo Pedraza— y de paso a expresarles la satisfacción de los habitantes de Vinuesa a quienes represento por este reencuentro anual —el alcalde Pedraza se expresó en tono solemne. Llevaba un jersey grueso a cuadros escoceses, pantalón recogido en la pantorrilla estilo *bridges* y unas botas de empeine. En la larga lista de regalos que para navidades se elaboraba en la oficina de Erdocia, dos cestas de primera categoría iban dirigidas a Pedraza y al cuartel de la Guardia Civil. Erdocia sabía por experiencia que estos detalles siempre rinden muy por encima de su costo.

Previendo aquella visita de protocolo, Andoni tenía montada la carpa para el almuerzo.

—¿Qué tal se manejan con los móviles? —preguntó Pedraza a Juan José Erdocia.

—En el refugio no hay problema, pero aquí arriba seguimos sin cobertura. En contra de la mayoría, yo lo prefiero así, para desconectar por completo.

El alcalde había gestionado la instalación de una antena en la cumbre, sin éxito por el previsible escaso consumo en un lugar tan apartado. Para el ayuntamiento hubiese supuesto otro servicio más del coto y en consecuencia un valor añadido en futuras subastas. Así se lo explicó a Erdocia. Luego añadió:

—Usted es una persona influyente. Seguro que si se lo propone lo consigue. El pueblo de Vinuesa se lo agradecería infinito.

Venía ya Andoni con la cafetera. Les sirvió.

—Es jamaicano, el mejor del mundo.

Luego entregó a la pareja de la guardia civil, para el preceptivo control, la carpeta que contenía los permisos y guías de armas, las licencias de caza y los seguros. Severino y Alfonso se apresuraron a rechazarla.

—No hace falta, todo está bien. ¿Han traído alguna escopeta nueva? —el trato con cazadores les había aficionado a las armas de lujo. Andoni gritó:

—¡Julián, baja la Holland!

Julián la había comprado en una armería cercana a Oxford Street por 29.000 libras. Los guardias civiles se la pasaron de mano en mano, acariciando la culata. Severino devolvió la escopeta.

—Realmente magnífica, una joya —luego añadió—: No hay como conocer a la gente para quererla. La de veces que habremos sacado la cara por los vascos ante compañeros con mala información y llenos de prejuicios.

Su compañero Alfonso contó seguidamente un reciente viaje a Bilbao con la familia. El relato fue interrumpido por la voz de Berra, desde arriba del puesto.

—¡Bandada a la vista!

Se precipitaron hacia las escaleras. Pero las torcaces son muy sensibles a cualquier movimiento anómalo y un centenar de metros antes de llegar a la línea el bando torció rumbo cimbreando la loma.

Durante la tarde no se avistó ningún otro y como la persistencia del viento sur hacía presagiar una jornada en blanco, poco a poco fueron regresando al refugio.

Erdocia contempló la entrada de los grupos. En el cuarto del fondo, habilitado como almacén, depositaron las escopetas y cartucheras, las botas de monte embarradas, alguna ropa de abrigo, ordenando cada lote bajo el nombre que aparecía clavado a la madera. La siguiente operación fue activar los móviles porque en el refugio tenían cobertura. Erdocia repasó la lista de mensajes. De Joan Tresserras había varios. En los primeros le rogaba que se pusiera en contacto con él, tan pronto le fuera posible. En el último, explicaba sucintamente la razón para pedirle que viajara a Tarragona lo antes posible. Le llamó.

—Siento molestarte, Juan José. Sé lo que gozas con la caza y yo te fastidio el plan. Pero prefiero explicártelo cara a cara.

—¿Pasado mañana es suficiente?

—Quedamos el jueves y así disfrutas un día más. Dile a Arantza que te acompañe. Elvira quiere conocerla.

A las nueve y media de la mañana, Juanjo Erdocia y Arantza se encontraban desayunando en una terraza, de cara al Mediterráneo. Erdocia había pedido el habitual café con leche y cruasán y su mujer una infusión de té verde, a la que acompañó de dos panellets comprados momentos antes en una pastelería cercana.

Enfrascado en la lectura de *La Vanguardia*, Erdocia sentía el parloteo de Arantza, sin prestar atención. Se sobresaltó al oír su nombre, en voz muy alta: ¡Juanjo!

—¿Qué me decías?

—Por favor, si no me atiendes —ya no recordaba lo que había preguntado—. Anda, pásame un cuadernillo del periódico.

Habituado al ritmo de una actividad laboral y social agitada, Erdocia extrañaba la tranquilidad de L'Ametlla. Pasados los agobios del puente festivo, salvo alguna pareja o un grupito de jubilados nórdicos, todos los que atravesaban la plaza eran autóctonos. Sólo alteraba la paz del lugar el ruido proveniente de un edificio cercano en construcción.

Diez años antes, Erdocia había buscado en el Mediterráneo un lugar donde adquirir su segunda residencia. Él, que entonces se iniciaba en el mundo inmobiliario, la quería en una zona que no hubiera sufrido el saqueo de los de su gremio. Los contactos catalanes le orientaron de inmediato hacia L'Ametlla de Mar, un pueblo tranquilo de la Costa Dorada que había sabido mantener su casco urbano y sus alrededores relativamente incontaminados del caos urbanístico. Compró una parcela en Cala Mosques, pegada al mar, y tras dos años de gestiones en las que empeñó su simpatía personal y una reducida parte de su patrimonio, consiguió la anhelada licencia de construcción. Eligió la reproducción de una masía, que encajaba perfectamente en el paisaje, con doscientos cincuenta metros útiles construidos, piscina, un pequeño frontón y un patio de naranjos que ocupaba el resto. Desde la puerta de la finca, por unas escaleras públicas se accedía directamente al litoral rocoso.

A El Molí —así se llamaba la finca— sólo habían ido en contadas ocasiones. Las ocupaciones de Erdocia, y las múltiples alternativas que ambos tenían para el ocio, limitaban las estancias en L'Ametlla a unas pocas horas. En aquellas circunstancias preferían alojarse en un hotel.

En todo caso, El Molí era una excelente inversión, alejada, al menos físicamente, de los atentos ojos de la Hacienda Foral guipuzcoana.

En San Sebastián, y especialmente cuando el día estaba lluvioso, añoraban aquella costa relativamente incontaminada que se percibía en toda su extensión desde el salón y las habitaciones del chalet, decorados en estilo regional, con vigas auténticas traídas de un derribo, mobiliario sólido de castaño y una gran chimenea que nunca llegó a encenderse. Un sofisticado sistema de alarmas protegía la finca, con éxito indudable, pues en todo aquel tiempo no había sufrido asalto alguno.

Pasadas las diez apareció por la plaza el Range Rover de Joan Tresserras. Le acompañaba su mujer, Elvira, apenas vista a través de los cristales oscuros del vehículo. Se saludaron efusivamente.

—Vamos al club de golf. Estaremos más tranquilos —propuso Tresserras.

Flanqueando la carretera que llevaba al club se alzaban urbanizaciones recientes de villas adosadas y al fondo, recortadas contra la montaña, las torres de Calafat. Delante de la puerta del club aparcaba un Jaguar y la camioneta de una pescadería.

Tresserras le explicó el gran potencial urbanístico de L'Ametlla. A diferencia de sus vecinas Salou, Cambrils y Hospitalet de l'Infant, que en los últimos años habían agotado el suelo de sus términos, L'Ametlla sobrevivió con la pesca, la pequeña industria y un turismo residual prácticamente hasta la última legislatura.

Era un mediodía nublado y caluroso. Los dos hombres buscaron refugio bajo la tejabana de cañizo que cubría la terraza de la piscina. Pidieron dos cervezas bien frías. Arantza y Elvira se tumbaron, desnudo el torso, junto al trampolín.

—Quedan los mejores solares, más de quinientas hectáreas con acceso directo a las calas. El ayuntamiento, con el visto bueno de la Generalitat, va a recalificar varias zonas. Las perspectivas de negocio son inmejorables y estamos preparados para entrar a tope.

El comportamiento de Joan Tresserras había sido exquisito en la época de construcción de El Molí. Colaboró en la obtención de las licencias y su empresa edificó El Molí con un escrupuloso respeto a las condiciones del proyecto y anticipando en varios meses el plazo de entrega. De allí surgió una sólida amistad, compartida por sus esposas que congeniaban en gustos. Procuraban verse al menos una vez al año. La última fue en el inicio de los Sanfermines, jornada prolongada interminablemente por los bares, con comida en un buen restaurante, los toros y la contemplación de los fuegos artificiales desde una azotea.

—Mis socios y yo —explicaba Tresserras— tenemos puestas muchas esperanzas en L'Ametlla. Nuestra relación con el ayuntamiento es, en líneas generales, excelente, a excepción del PSC. Los convergentes son mayoría, pero los socialistas catalanes tienen seis concejales en la oposición.

Le explicó entonces un plan en el que Erdocia desempeñaría el papel clave. Debería establecer contacto con el secretario general del partido en Tarragona. Jordi Masneu centralizaba todas las donaciones y ayudas que llegaban al partido. La ley limitaba a cien mil euros la cantidad máxima anual permitida a cualquier persona física o jurídica. Pero es que, además, se prohibían expresamente las donaciones anónimas, vía por la que hasta entonces llegaban la gran mayoría de recursos.

—Resumiendo —dijo Tresserras—, se trata de aportar al PSC alrededor de un millón de euros, para lo que se precisa, aparte del dinero, diez personas que aparezcan como donantes y que no tengan intereses en la comarca.

Erdocia captó la propuesta sin necesidad de más explicaciones. Ni en la cantidad ni en los nombres veía dificultad alguna. Preguntó:

—Supongo que no habrá recibos.

—Yo te firmo un papel donde reconozco la entrega. Constará que corresponde a una deuda antigua, sin más explicaciones. Automáticamente, te incorporas a nuestra sociedad con el capital de la donación. Participarás en los beneficios y te aseguro que serán muchos. Cala Ampolles es la mejor zona de la costa. Pero no quedará nada escrito. Se trata de una cuestión de confianza. Piénsatelo.

El club estaba desierto, a excepción de tres voluminosos alemanes que bebían cerveza junto a la barra mientras pelaban gambas cocidas. Se acercaron al borde de la pileta, donde Arantza y Elvira seguían tomando el sol. Se habían aplicado crema protectora y les brillaba la piel de una forma que a Erdocia le pareció excesiva. Nadaron con ellas unos largos para estirar músculo y luego Tresserras le propuso jugar al tenis. Antes le corrigió la posición de la raqueta, el golpe de revés, y le hizo practicar algún *drive* y algún *smash.* Jugaron dos *sets,* a lo que saliera. Luego llegaron las mujeres para jugar un doble intercambiando las parejas. Elvira era experta e intentó compensar las muchas limitaciones de Erdocia. En la otra pareja, Arantza se acopló con facilidad en el espacio más cercano a la red. Interrumpieron el juego cuando Erdocia sintió un tirón en la pierna. Volvieron a la mesa.

—Siempre juego con rodillera. Tengo fastidiado el tendón —explicó.

—¿Cómo tienes el colesterol?

Juanjo se enjuagó la boca con la cerveza antes de contestar.

—Alto el malo y bajo el bueno. Me tengo que cuidar más.

Siguieron hablando al sol. La camisola playera de Arantza descubría sus rodillas bronceadas. En el caso de Elvira, el sujetador a duras penas lograba acoger todo el exceso glandular. Comieron en la terraza del Lorena, sobre el puerto de pescadores. En los cafés, Erdocia se lo confirmó:

—Puedes contar conmigo. Dame ahora detalles de la operación. No te prives de nada.

Se levantaron de la mesa, a las cuatro. Por primera vez desde hacía meses Erdocia fumaba un puro. Dijo:

—Me alegro por el trato a que hemos llegado. Tenemos ahora un pretexto para venir a El Molí más a menudo. La verdad es que a mí L'Ametlla me encanta. Es uno de esos sitios donde parece que nunca te puede pasar nada malo.

Arantza se preparaba para salir. Una vez a la semana acudía al Club Náutico a jugar al bridge con el grupo de amigas. Era una experta jugadora. El encuentro suponía su doble confrontación, de un lado con los naipes, de otro en la apariencia física. Cuando se estaba poniendo los pantalones de campana y una blusa de rayas verdes, Germania tocó a la puerta de la habitación.

Germania le pedía a la señora tarde y noche libre porque llegaba un hermano desde Alicante y quería enseñarle la ciudad.

—Dejé todo preparado para la cena. Me regreso seguro antes de las doce.

La conocieron en la feria de Otavalo, durante un viaje a Perú y Ecuador de hacía tiempo. Recorrían la plaza de armas colmada de puestos artesanos con figuras zoomorfas, ponchos azulados, guantes y ojotes de lana, camisas bordadas con perlas, tucanes en madera de balsa, en medio del bullicio de lustrabotas, fotógrafos, yerbateros y videntes. Germania pertenecía a una comunidad indígena de los alrededores. Arantza le compró varios iconos y tres grandes pinturas ingenuistas, ante el mosqueo de Juan José que no quería sobrecarga en el vuelo de regreso. Les cayó bien y al despedirse le entregaron su tarjeta personal. Tres años más tarde, Germania se presentó en el chalet, sin aviso previo. Había viajado como turista pero deseaba quedarse para ahorrar un dinero y ayudar a sus papás. La cogieron, porque estaban hartos de los desplantes de Sonia, una morenita colombiana que se contrataría poco después en una sauna relax de Bilbao.

Arantza llamó a un taxi para desplazarse al Club Náutico. La estaban esperando en el bar. Su compañera habitual de juego era Isabel, de conversación ilustrada y habitual del *lifting* y del *peeling*. Isabel respondía al patrón de mujer que no es capaz de sonreír con naturalidad por el excesivo colágeno que se había introducido en los labios.

Llegaba el verano y se presentaba para ellas un largo tiempo, punteado de aburridos compromisos. Arantza miró, indiferente, a través del ventanal mientras Isabel comenzaba a distribuir las cartas.

Se lo había dicho Juan Antonio San Román, promotor inmobiliario con muchos intereses en Mazarrón, una noche de otoño de hacía varios años: «La ambición de mandar es más fuerte que la de tener dinero. Pero cuando tienes una cosa y otra, dinero y poder de mando, lo que importa es mostrarlo». Erdocia retuvo la frase porque le pareció ingeniosa, pero no estaba de acuerdo. En otras geografías más al sur de la península aquella divisa funcionaba y la ilusión de muchos promotores era, por poner ejemplos, llegar a presidir un club de fútbol mediante la adquisición mayoritaria de acciones. El comportamiento de los empresarios vascos era mucho más discreto, y esto —pensaba Erdocia— no se debía sólo al impuesto revolucionario, que era un fenómeno relativamente reciente. Las generaciones anteriores de industriales y empresarios no se distinguieron por hacer ostentación de su riqueza. Neguri había sido una excepción porque Bilbao también era una excepción en Euskadi. Pensaba en aquellos años que tener dinero y poder de mando era importante, pero que más importante era manejarlos con discreción.

Pero a medida que su patrimonio crecía, y con él la trama de relaciones, se le hacía más verdad aquella sentencia de Juan Antonio San Román. Vestía ahora en los mejores sastres. Dos veces al mes acudía a la manicura y aprovechaba la visita para exfoliarse el cutis y pedir consejo sobre el uso de los variados frascos que ocupaban la estantería del baño. Juan José Erdocia luchaba por un difícil equilibrio corporal. Si seguía la estricta dieta que le marcaba la higienista, su rostro se volvía flácido y arrugado. Pero si lo abandonaba a los excesos de la vida social, o simplemente se relajaba por un corto período, volvían los cinturones de grasa a la barriga.

Había sopesado cuidadosamente las alternativas para su proyección social. Preguntó a unos y otros sobre el plan más espectacular, aquel que le iba a procurar el cariño y reconocimiento de la gente.

Contra su costumbre de madrugar a diario, Juanjo Erdocia se levantó aquella mañana a las diez. Tras la cena de la noche anterior había acudido con Beraza a La Wiskería, local nocturno situado en el centro, semivacío durante la semana, donde bebió dos ginebras. Al llegar a casa tomó un tranquilizante para facilitar el sueño, pues sentía el estómago alterado por la salsa excesiva de la merluza.

La habitación de la pareja era amplia, y estaba decorada con elegancia vanguardista, en tonos muy claros. Sobre la cabecera de la cama colgaba un espectacular Miró, que había sustituido al crucifijo metálico de los primeros años de matrimonio.

El traje olía aún a tabaco y lo puso a airear en el balcón. Entró en el baño y pasó el grifo del rojo más caliente al extremo del azul para que el agua fría le entonara la cabeza. Con las muelas aplastó una pastilla de menta para refrescarse la voz. Se puso una chaqueta deportiva con camisa azul marino abierta, a tono con la indumentaria que seguro llevaría el alcalde. Tenía cita con él, a las doce en punto. Se lo había dicho su secretaria:

—Te recibirá veinte minutos. A las doce y media tiene Comisión. Procura concentrar lo que tengas que decirle.

En su larga experiencia, Juanjo Erdocia conocía la importancia de tener una buena relación con la persona que maneja las agendas. Begoña llevaba la de los alcaldes durante los últimos veinticinco años. Con tanto tiempo en el oficio sabía perfectamente las citas que pueden ser concertadas sin consulta previa. La de Erdocia era una de ésas.

Se despidió de Arantza palmeándole el hombro. Sacó del garaje la Kawasaki 750 roja y se puso el casco.

Como pensaba, el alcalde iba informal, con una cazadora de cremallera sobre el polo. Se estrecharon la mano y el alcalde le acompañó al sillón cogiéndole del brazo.

—Me han dicho que te portaste muy bien con los socialistas catalanes. ¿Trabajas ahora allí?

—Compré un chalet en L'Ametlla, un pueblo precioso. Te lo recomiendo para vacaciones. Yo voy a empezar a ir más a menudo.

—No te veo tomando el sol. Te aburrirías. Vamos al grano, ya me ha informado Ion de tu proyecto para la trainera donostiarra.

Erdocia se lo explicó. Tenía en Ucrania a un agente de su absoluta confianza con el encargo de gestionar la contratación del equipo de *ocho,* medalla de oro en las últimas olimpiadas. En breve iba a viajar allí para rematar la operación. Con estas perspectivas estaba siendo relativamente fácil incorporar a cinco de los mejores remeros del Cantábrico, aparte de dos o tres donostiarras de primerísima calidad. Iba a ser, con diferencia, la mejor tripulación jamás formada.

Se asomaron a la terraza del despacho. El sol brillaba sobre la bahía. Juanjo Erdocia señaló hacia el fondeadero.

—Mira el barco verde, el del mástil más alto. Es el *Izarra.*

Continuó:

—Te aseguro que he hecho un gran esfuerzo. Lo verás en los presupuestos que te entrego para información. Necesitamos todo el apoyo del ayuntamiento porque el problema es que no tenemos donde entrenar. El obstáculo está en el río, que no tiene fondo más que con la marea alta. Cada vez hay más arena.

—Es un problema viejo que nos condiciona la construcción del parque acuático. Pero la ría no se puede dragar.

El alcalde explicó lo que Erdocia ya sabía bien. Los Verdes se oponían a la extracción de arenas porque con ello se alteraba el hábitat de especies autóctonas que habían vuelto al río después de muchos años. Los ecologistas tenían una exigua representación municipal, pero formaban parte del equipo de gobierno y habían sabido vender bien su postura. Muchos donostiarras pensaban que en las últimas décadas habían desaparecido elementos fundamentales en la memoria histórica de la ciudad. El alcalde no estaba dispuesto a dar ese paso, ni a una solución de menor impacto como sería excavar un canal estrecho en el fondo. Precisamente era éste el freno para poner en marcha un ambicioso proyecto de parque fluvial. Aquel sueño de un río surcado por embarcaciones de todo tipo estaba aparcado por culpa de una izquierda retrógrada.

—¿Por qué no entrenáis en Pasajes?

Erdocia contestó que, efectivamente, Pasaia era, de momento, la única solución. Pero él estaba hablando del futuro. El proyecto de formar una tripulación galáctica era para que durara muchos años. El remo se movía por ciclos y estaba seguro de que el próximo iba a ser el de la trainera donostiarra, vencedora de todas las regatas.

Begoña se asomó por la ventana de la terraza.

—Alcalde, llevan un rato esperándole en la Comisión de urbanismo.

Entraron al despacho. El alcalde habló con un deje de nostalgia.

—Muchas veces, cuando miro el mar pienso que estoy desaprovechando lo mejor de mi vida. Qué bonito sería pasar unas horas a la cacea o ir una tarde a vela hasta Getaria.

—El *Izarra* y yo estamos a tu disposición, si alguna vez te decides.

Juan José Erdocia se dirigía por última vez al polígono industrial. En el primer pabellón a la izquierda, durante casi nueve años, operó la oficina donde manejaba sus diversos negocios con el nombre de Construcciones Urdiain. El polígono se extendía por más de medio kilómetro, a través de una carretera acribillada de baches donde, a pesar de los carteles indicadores, era casi imposible para el visitante encontrar la dirección deseada. Pasó junto al bar Maite, el tugurio oscuro pero de cocina excelente donde había almorzado tantas veces, y cien metros más adelante aparcó el Saab frente a la oficina. Un grupo de operarios desmantelaban los últimos restos cargándolos en el camión de mudanza. Permaneció fuera, sin nostalgia alguna. No quería entrar en aquel espacio desangelado donde habían transcurrido tantas horas de su vida. A partir del lunes, la sede social de sus empresas sería el nuevo parque tecnológico, muy próximo a la ciudad y dotado de todo tipo de servicios, en un edificio de cristal y acero donde las oficinas ocupaban todo el frente de la planta baja.

Entró en el bar cercano, a tomarse un último café y terminar de leer el periódico. En la puerta se cruzó con el propietario del pabellón contiguo, Envases del Bidasoa, con el que había mantenido una tensa relación por causa del medianil. Ni un gesto, ni cruzarse la mirada. Nada. Se sentó en la última mesa disponible. Entonces, a través de los cristales sucios, divisó una vez más la tienda de campaña.

Seis o siete meses antes, una mañana de otoño, apareció montada en el solar que rodeaba el taller de reparación de vehículos y el almacén de cartonaje. Ocupaban la tienda una pareja joven con un niño, vestidos aseadamente, que cocinaban en el exterior utilizando una bombona. Los usuarios del polígono los contemplaron al principio con curiosidad y luego, acostumbrados, con indiferencia. El desahucio del piso que habitaban y el paro laboral de ambos les había forzado a aquella situación extrema. Al poco tiempo trajeron el perro, un cocker negro que jamás ladraba. Meses más tarde de su aparición, en una reunión de usuarios del polígono se trató el tema. Hubiera bastado una denuncia para proceder a su desalojo, pero nadie la apoyó. En el polígono, la familia se sentía protegida, de día por los cientos de usuarios que lo frecuentaban, y de noche por las cámaras de vigilancia y la patrulla de seguridad en ronda permanente. Su presencia allí, al aire libre, en cierto modo también contribuía a la protección de la zona.

Alguien colocó una caja en la cerca de alambre y a través de la ranura empezaron a caer monedas. Por la mañana, temprano, la mujer desaparecía con el hijo, posiblemente en camino hacia la escuela. El hombre salía más tarde, algunos días. Otros permanecía sentado en una silla de lona, leyendo.

Al salir del bar, Juan José Erdocia se acercó a la caja y metió un euro por la ranura. Luego montó en el Saab para dirigirse al parque tecnológico y supervisar el montaje de las nuevas oficinas.

Mientras esperaba al consejero Otaola, Juan José Erdocia hojeó las aburridas revistas institucionales esparcidas sobre la mesa. Luego se fijó en la secretaria, que trabajaba en el ordenador junto al acuario donde nadaban unos peces color naranja. Andaría por los veinticinco años y desbordaba vitalidad por sus hombros morenos entrecruzados por la tira de un vestido rosa. Con la vista clavada en la pantalla, la joven se desembarazaba de la melena que le caía sobre la frente con golpes regulares de la mano. Era todo un espectáculo verla trabajar con aquella dedicación, su silueta recortada sobre el fondo de luz de la ventana. Cuando se levantó para recoger un documento del archivo, vio que el vestido le quedaba muy por encima de las rodillas y que le ceñía un cuerpo prieto culminado en unas piernas larguísimas. Sonó el teléfono.

—Que ya puede pasar. Es al final del pasillo. Yo le acompaño.

La mujer le precedió con un sonoro claqueo de sandalias. En el corto trayecto, Juan José Erdocia no perdió de vista sus nalgas ondulantes. Aspiró el aroma intenso que iba liberando como una estela y pensó que quizá se perfumaba así para su jefe. Otaola le esperaba a la puerta del despacho. Se sentaron en el tresillo.

—Supongo que lo dirán todos. Tienes una secretaria espectacular.

—Es una joya trabajando —Otaola no quiso entrarle al trapo—. Estoy deseando que llegue el puente para largarme. Llevamos unos días agotadores. El lehendakari quiere tener el proyecto de ley para el próximo consejo —inclinó su cabeza hacia Erdocia, con el pelo cerdoso como de puercoespín—. ¿En qué puedo ayudarte?

—Me hubiera gustado charlar más distendido, quizá comiendo, pero sé que estás a tope estas semanas.

En aquel momento entraba la secretaria con las dos tazas de café. Callaron para admirar el espectáculo que suponía el verle depositarlas sobre la mesita.

—Ayúdanos en la licitación de la comarcal 3740. Nuestra oferta es con diferencia la mejor. La administración se va a ahorrar muchos millones.

—Sabes que Carreteras no es competencia de mi departamento.

—Pero se decidirá en consejo y allí tienes voz y voto. Además Pello es amigo tuyo.

—No prometo nada. Veremos lo que se puede hacer. ¿Qué más? —lo dijo en tono apaciguador.

—Esta petición depende de ti, directamente. Se trata de la contrapasa. Los cazadores no son ciudadanos de segunda y tienen todo el derecho a ser escuchados.

—Otra vez con la contrapasa. Sabes muy bien que es una competencia transferida a las comunidades autónomas y cada una legisla según le parece. Yo no puedo decidir por La Rioja o por Castilla-León.

—Tenéis una comisión de trabajo para ejecutar políticas concertadas. No parece normal que en Francia se permita la caza de torcaces en marzo y aquí no. ¿Sabes la razón? —se contestó a sí mismo—. Porque allí los cazadores están mucho más organizados, tienen incluso un partido político propio.

—Formad uno, nadie os lo impide.

—Quiero señalar que no hay una actividad que reúna a tanta gente importante. Hablo de nuestro coto, por poner un ejemplo, propietarios de industrias, constructores, directivos, algún profesional destacado de la abogacía y de la medicina, algún político. Te cito algunos nombres que conoces bien, Beraza, Aldaia, García Valdespino, Pablo Arriaga.

—¿Te han nombrado su portavoz?

—Porque saben que te conozco. El tema me preocupa relativamente, aunque no te oculto que para mí, lo más importante, es quedar bien ante ellos.

—Ya has cumplido.

—Tenemos toda la razón. Me cabrea que la contrapasa siga prohibida y mientras tanto aumenta la población de torcaces. Muchas palomas bravas se están haciendo sedentarias en las ciudades.

—Tomo nota de tus reclamaciones.

—Si no tienes inconveniente, voy a mandar a todos los socios del coto y a las sociedades de caza más importantes un informe de esta entrevista donde señalaré la gran receptividad que he encontrado en ti.

—Me parece bien, hazlo —el consejero se levantó y puso la mano en el hombro de Erdocia para despedirse—. Me ha llegado la noticia de que tienes un interesante proyecto deportivo que te va a hacer famoso.

—Llámame un día y te lo cuento en detalle.

Ya en la puerta del despacho, Erdocia dijo al darle la mano:

—Trabaja lo de la carretera, por favor, tú puedes conseguirlo.

Sentada en la cama, desnuda, Arantza se miró las piernas recién depiladas y las movió de arriba abajo para secar el esmalte de uñas. Después, se aplicó una crema hidratante por todo el cuerpo frente al espejo ligeramente trucado que estilizaba su imagen. Para mejorar su autoestima, lo había cambiado recientemente, así como la luz, ahora de un tono amarillento, mucho más cálido. Pasó al cuarto de baño, se aplicó un ligero maquillaje con perfil de labios y se estiró la melena con varios golpes de peine. Luego se enfundó el chándal azul celeste y las zapatillas deportivas.

Llegó al Karma montada en su pequeña moto. Aparcó justo a la entrada, diez minutos antes de que se iniciara la sesión de yoga. Desde que empezó los cursos tres semanas antes, se sentía más relajada y optimista. Dentro del grupo de yoga intentaba llenar el vacío de su vida matrimonial.

En la clase practicaban trece mujeres y un único varón. Se quitaron el calzado en la entrada. El monitor era Albert, un atlético cuarentón licenciado en educación física y ex campeón de salto de altura, reconvertido al yoga tras la muerte de su esposa. A instrucción de Albert comenzó la sesión, primero en ejercicios sentados, luego en posturas acrobáticas acompañadas de respiración consciente, y los últimos minutos de relajo con música suave.

Terminada la sesión se le acercó Albert.

—Estás más delgada, Arancha, te veo en una forma excelente —en las veces anteriores que se había dirigido a ella lo hizo siempre con palabras amables.

—Llámame Arantza, acentuando más la zeta que la che. Agradezco el cumplido pero no es verdad. Me siento cansada y deprimida.

—Será por el calor de esta semana. Yo también me encuentro más a gusto con tiempo húmedo. ¿Me aceptas un café?

—El café de máquina no me va. ¿Por qué no bajamos a la playa?

Antes de salir sacó dos aguas tónicas de la máquina.

Atravesaron el paseo. Eran las once de la mañana y la playa, con marea muy baja, estaba todavía relativamente tranquila. Se quitaron los chándales y comenzaron a pasear por la orilla.

—¿Qué tal está Juan José?

Arantza extrañó la pregunta. No había hablado de su marido con nadie del cursillo, aunque veía normal que algunos supieran de él dada su condición de hombre público.

—¿Le conoces?

—Personalmente no, pero sé de varios que han tenido relación con él.

El paseo por la playa suponía a la vez una forma de hacer ejercicio y de practicar la sociabilidad. En el breve tiempo que llevaban andando se cruzaron con algunas caras conocidas. Arantza miró a otro lado para no saludar. Sentía satisfacción y, al mismo tiempo, apuro de que la vieran acompañada por aquel hombre atractivo. Propuso a Albert darse un chapuzón. Nadaron hasta la boya más cercana y luego se tumbaron en la arena seca. Arantza se frotaba los pies, uno contra otro, para activar la circulación.

—Me corriges si me equivoco. Parece un hombre dominante metido en mil negocios, muy satisfecho de sí mismo. ¿Estás contenta en tu matrimonio?

Era una pregunta indiscreta, pero no le molestó. Tardó unos segundos en contestar.

—A mí me gusta la intimidad y el anonimato, pero él me exige que actúe de pareja feliz frente a un público que nos examina cada vez con más rigor. Esto me crea una tensión insoportable.

—Me dijiste que tenías dos chicos.

—Gorka y Ander, pero están fuera. Uno en la Universidad de Auckland, Nueva Zelanda, y el otro en Inglaterra. Últimamente les veo muy poco. Te los enseño —abrió el bolso y sacó la cartera—. Aquí estamos el día de la primera comunión de Gorka y aquí en Getaria. La verdad es que los echo de menos.

—Arantza, pienso que viajar te distraería.

—Depende con quién. Estuve con Juan José en L'Ametlla, la pasada semana. Tenemos un chalet allí. En el viaje apenas hablamos. También fui dos días al coto de caza que tiene en Soria con un grupo de amigos, de invitada claro, sin poder disparar.

—Yo soy de cerca, de Tortosa exactamente. L'Ametlla es un lugar precioso.

—¿Cómo así caíste por San Sebastián?

—Me animó una clienta de Barcelona. Decía que faltaban en el País Vasco centros de yoga de categoría. Ella me buscó el local.

—¿Y cómo nos ves a los donostiarras y a los vascos en líneas generales?

—Conservadores. He viajado por todo el mundo y no he conocido una sociedad tan conservadora como la vuestra. Espero no ofenderte con lo que digo.

—No me ofende. Te diré más, conservadora y machista. Te contaría anécdotas del coto de caza que no podrías creer.

La playa se había ido llenando. Arantza propuso un baño, pues no soportaba el calor de la arena. Albert le contestó:

—A la una y cuarto tengo cursillo, pero si quieres cenamos juntos y seguimos charlando.

Dudó un momento, antes de contestar.

—Por ahora prefiero hacerlo tomando un café.

El Boeing 747 de Ukranian Airways rodó por la pista del aeropuerto de Kiev a la hora justa de llegada, las 7.45 pm. La primera clase que ocupaban Erdozia, Andoni y el entrenador Salaberria iba a mitad de aforo; no así la turista, abarrotada de un pasaje mucho más ruidoso.

A la salida de viajeros, una rubia de uniforme sostenía entre las manos un papel con su nombre escrito: «Mr. Erdocia». Se acercó a ella y probándose le dijo: *«Parlez vous français?»*. La joven le respondió *«Mais oui»* y les saludó con un beso en las mejillas, presentándose como Olga Rozanova. En perfecto castellano expuso que estaba a su disposición durante toda la estancia en el país. Seguidamente, les precedió hasta un taxi-limusina azul oscuro estacionado sobre el paso de peatones.

Tras media hora de recorrido por una autopista de escaso tráfico, llegaron al centro de Kiev. El Continental Hotel se ubicaba a la entrada del casco histórico, y se hallaba rodeado de palacetes edificados al gusto francés del Segundo Imperio. El hotel era una reliquia de entreguerras, con mucho terciopelo rojo en el vestíbulo y amplios desconchados en pasillos y servicios. A las habitaciones, de tamaño desmesurado, se accedía por un ascensor renqueante atendido por un portero de librea. Erdocia acomodó en su habitación individual sus dos Samsonite vapuleadas en decenas de aeropuertos y Andoni y Salaberria las suyas en una doble en el piso superior.

Bajaron a la media hora. Junto al mostrador les esperaba la intérprete, Olga, y tres hombres. El comedor estaba ya cerrado y pasaron directamente al bar.

Aquel bar tenía el mismo encanto decadente que el resto del edificio. Sus ventanas daban a un patio en cuyo centro una fuente lanzaba chorros de agua entre setos floridos. La luz tenue de unos apliques dejaba adivinar la clientela que casi lo llenaba, gentes cuya procedencia podía establecerse con toda seguridad, no sólo por la apariencia física —el color de pelo, la estatura, los perfiles— sino sobre todo por la vestimenta y las corbatas. Los nativos las llevaban anchas y ostentosas, con diseños de una moda caduca, mientras que los turistas y hombres de negocios vestían de un modo mucho más sobrio y algunos decididamente informal. En cuanto a ellas, la diferencia era similar: vestidos floreados con mucho color en las ucranianas frente a la discreción de las visitantes.

Al fondo de la sala, un pianista interpretaba aires folclóricos. De pie junto a la barra pidieron cervezas. Para tomar la ensaladilla de esturión se sentaron a una mesa, reservada por un camarero a quien uno de los anfitriones había puesto previamente dos monedas en la mano.

A indicación de Juanjo Erdocia, Salaberria explicó el plan con todo detalle a Arseny y sus dos acompañantes. Les dijo que en la costa norte de España, desde tiempo inmemorial, se practicaba un deporte náutico que levantaba grandes pasiones. Eran las regatas a remo utilizando embarcaciones dedicadas en tiempos anteriores a la pesca. La mayoría de los pueblos costeros del Cantábrico tenían un equipo propio y a las regatas acudían grandes multitudes. Les iba a mostrar vídeos donde se apreciaban con detalle las técnicas de remada, los entrenamientos, la competición, tanto en días de mar calmada como con temporal, así como la increíble pasión que despertaba entre el público. En estas regatas se movía mucho dinero, generado fundamentalmente por las firmas comerciales patrocinadoras y la presencia de la televisión. Añadió que, en cierto modo, aunque a un nivel mucho más modesto, este mundo podía compararse al de la Fórmula 1.

—Antes cada remero era del pueblo en el que remaba —explicó Salaberria—, pero ahora nos hemos metido en un proceso de globalización para conseguir los mejores atletas, vengan de donde vengan. Va a pasar como en el fútbol. Recuerden los últimos mundiales. Sólo había un blanco en el equipo de Francia. Pero el público se identifica con los colores de su club o de su país con la misma pasión que si los protagonistas fueran del barrio.

Intervino Erdocia para poner las cosas en su sitio. La comparación con la Fórmula 1, o con el fútbol de élite, era totalmente exagerada y podía originar demandas económicas insalvables. Así lo dijo, y terminó:

—Se trata de un deporte practicado exclusivamente en una zona pequeña de España y que al resto del mundo le interesa poco, por no decir nada. De vez en cuando aparece una televisión extranjera para realizar un reportaje, pero lo enfoca más como una manifestación folclórica que como un acontecimiento deportivo. Resumiendo, y para eso estamos aquí, queremos reforzar el equipo de nuestra ciudad con deportistas ucranianos de primera categoría.

Arseny les había dejado explicarse, sin interrupción alguna. Dijo entonces:

—Hemos venido trabajando a través de la información que nos han facilitado ustedes en estas últimas semanas. También la conocen los remeros, al menos en líneas generales. Las condiciones las concretaremos mañana, en la cita de la villa olímpica.

A las ocho de la mañana siguiente fueron despertados por el teléfono. Juanjo Erdocia había pasado una noche agitada, interrumpido su sueño por los ruidos intermitentes de una cañería defectuosa. En la sala de desayunos les esperaba Arseny. Ya en el vestíbulo, el chófer contratado les saludó en castellano. Era un hombre grande, de cara hinchada y rojiza, con una calvicie avanzada y el pelo recogido en coleta.

—A su disposición. Me llamo Yuri. Les ruego me hablan despacio porque el español lo tengo bastante olvidado.

Salió el Opel Vectra por el boulevard Konotov, un vial flanqueado por interminables bloques de edificios grises, y exento de tráfico en aquella mañana de domingo. Yuri les iba contando su historia personal. Nacido en Charkov, en la Ucrania de lengua rusa, se había titulado como piloto de aviación civil en la academia de Leningrado. Tras dos años en Afganistán, la empresa le trasladó a Cuba para trabajar como mecánico e instructor de vuelo y allí permaneció hasta la disolución de la Unión Soviética. De Cuba se trajo el acento cadencioso con el que ahora explicaba el paisaje circundante, entrevisto con temor por los pasajeros, ya que el velocímetro marcaba 110, velocidad excesiva para aquella carretera sinuosa de dos direcciones y en la que la línea divisoria de carriles aparecía difuminada. Yuri añoraba Cuba todos los días. De allí se trajo a Leticia María, a quien conoció en Cienfuegos, y contrajo en Kiev matrimonio católico con ella porque ella así lo exigió, sin poner problemas por su parte porque también era cristiano, aunque ortodoxo y no practicante. Al año, Leticia María viajó a Cuba para no volver.

El paisaje era una sucesión de campos de cebada, girasol y remolacha, interrumpidos de vez en cuando por pequeñas aldeas en las que sobresalían la torre de una iglesia y los silos para el grano. El tráfico se limitaba a furgonetas de carga de vieja estampa, carros tirados por caballerías y algún tractor. Pero a la salida de Mironoyka, población que según Arseny andaba por los cincuenta mil habitantes, se incorporó a la carretera un reguero continuo de vehículos ocupados por familias que se dirigían a las riberas del Dnieper para pasar la jornada dominical. Conducía siempre el hombre, generalmente luciendo una gorra a cuadros, con su esposa en el asiento de al lado y algunos niños desparramados sin ningún tipo de protección en el habitáculo trasero.

Llevaban unas tres horas de camino cuando alcanzaron Smela, ciudad balneario situada a orillas de una gran laguna alimentada por las aguas del Dnieper. No parecía tener núcleo urbano. Las casas se agrupaban alrededor de un grandioso edificio que se asomaba al lago, dedicado a termas y hotel. Junto al embarcadero estaba atracado un pequeño barco de viajes turísticos. La villa olímpica y el campo de regatas se situaban en la margen izquierda, rodeados de un extenso pinar.

Las casitas de madera, residencia de los atletas, bordeaban una vereda, con jardines que llevaban hasta el gran recinto acristalado. Cuando Erdocia, Andoni y Salaberria, precedidos por sus anfitriones, accedieron al interior, quedaron deslumbrados por el material de entrenamiento exhibido: ergómetros, bicicletas estáticas, mancuernas, todo ello de procedencia alemana y de última generación. Una docena de fornidos jóvenes hacían corro en charla animada junto a la ventana que daba al lago. Otros dos entrenaban al fondo.

—Hemos citado a los hombres con mejor registro. Del ocho de Pekín sólo falta Oleg. Su madre se encuentra enferma de cáncer —explicó Arseny. Los presentó por su nombre al director del centro, al entrenador y a un alto funcionario del ministerio de Cultura y Deportes—. Cuando quieran, empezamos.

El entrenador dio unas palmadas y, como si de un ballet se tratara, con perfecta sincronía de movimientos, los atletas comenzaron a calentar músculo. Erdocia, Andoni y Salaberria contemplaban fascinados la estampa de aquellos atletas, todos altos y rubios, como en una película de Leni Riefenstahl. Iban enfundados en la vestimenta de competición, con los colores azul y amarillo de la bandera nacional, muy ajustada y que resaltaba sus músculos.

Tras un breve paseo por el jardín embarcaron en una lancha neumática fuera borda. Desde allí, en paralelo a los dos *ochos,* pudieron apreciar el equilibrio de esfuerzos, la potente acción de los brazos en el ataque y la suavidad en el movimiento de retorno. Veinte minutos de ensueño que al finalizar arrancaron los aplausos entusiastas de Salaberria.

Volvieron a tierra.

Presidía el despacho de Dirección una foto del presidente de la república, junto al mapa y bandera de Ucrania. Se acomodaron en un amplio tresillo de cuero verde, frente a la pantalla. Arseny corrió la cortina para dejar la sala en penumbra. Luego introdujo un disquete en el reproductor.

El vídeo estaba muy bien realizado, se basaba en imágenes de la televisión autonómica vasca. Arrancaba con una presentación general de Euskadi, imágenes del Guggenheim y del centro de congresos bilbaíno, la ría de Gernika, y toda la costa vista desde el aire hasta una espectacular bahía de la Concha en marea baja. Luego, fiestas de verano con multitudes por todos lados, una ráfaga del encierro de Sanfermines con cogida de mozo, un mostrador atiborrado de *pintxos,* la fiesta del chuletón, una sidrería, escenas de la final de pelota y un aizkolari seccionando un tronco. Olga traducía lo que comentaba Erdocia. Tras estos quince minutos de presentación arrancaba el vídeo con imágenes de las regatas, cuidadosamente seleccionadas. Para no alarmar a la audiencia, en el montaje dejaron fuera las más espectaculares, aquéllas tomadas en día de mar muy fuerte. Al finalizar la proyección se oyó un tímido aplauso.

—Pregúnteles qué les ha parecido —dijo Erdocia.

—*Fantastic, no problem, no problem at all* —Fue la respuesta de Andrei Lisinchuk, que al parecer actuaba de portavoz del grupo de remeros.

La ficha de cada atleta estaba redactada en castellano e incorporaba a los datos personales su trayectoria deportiva y cualificación laboral. Salaberria hizo una selección previa basándose en los apuntes tomados, pero Erdocia lo tenía muy claro:

—Tenemos que elegir a siete. Empezaremos con los medallas de oro. Mediáticamente, es importante que vengan ellos. Además, desde el punto de vista deportivo ya lo tienen demostrado todo. Sólo acepto la exclusión de Grouchenko, porque con 2.15 de altura no nos cabe en la trainera.

A lo largo de hora y media fueron desfilando los remeros, trece en total. La oferta era genérica pero podría adaptarse a la situación personal de cada uno: billetes de avión, alojamiento y comida en hotel de calidad, base fija de 2.500 euros al mes durante los dos años de contrato, porcentaje sobre premios y un trabajo remunerado acorde con la preparación de cada uno. Se les facilitarían además clases de español en el horario más adecuado.

Los atletas quedaron deslumbrados al escuchar esta oferta, muy superior a lo que les había anticipado Arseny. Pero pidieron reunirse en solitario para tomar una decisión.

—Os van a plantear ir con un acompañante —anticipó Olga.

Así fue. En nombre del grupo habló Andrei, lento, para que la intérprete no se equivocara.

—Hemos estudiado la propuesta y en principio hay acuerdo, pero con una condición. Queremos ir acompañados. La mayoría tenemos pareja estable y no estamos dispuestos a permanecer alejados de ella tanto tiempo. Para los acompañantes, exigimos también viaje y estancia pagados. En cuanto al trabajo, la mayoría lo tiene aquí. Por ejemplo, mi novia es solista en el ballet nacional de Kiev y en España triunfaría seguro. Ya nos ayudarán ustedes a buscarles un empleo.

Erdocia escenificó la dificultad de acceder a la petición. Se levantó del sofá y se rascó la frente.

—Lo tenemos que pensar bien porque se trata de mucho dinero. No puedo decidir por mí mismo. Intentaré conectar con mis socios. Les daré una respuesta antes de la cena.

La reunión había terminado. Primero salió el grupo de remeros acompañados de sus preparadores, de Salaberria y de la intérprete Olga. Discretamente, a través de la puerta que daba al jardín, se retiró Andoni. Juanjo Erdocia se quedó en la sala con el funcionario del ministerio, el director del centro deportivo y Arseny. Del bolsillo sacó tres sobres. Escribió la cantidad en el exterior y los fue entregando.

—Siete mil euros para cada uno, la mitad del total. Mañana el resto —lo dijo primero en francés y lo repitió luego en su inglés macarrónico.

Arseny había preparado una merienda-cena de despedida en su residencia campestre situada a media docena de kilómetros del lago. Llegaron allí en un autobús renqueante, por una pista sin asfaltar. El sol todavía estaba alto. Habían montado una mesa corrida en el patio, repleta de panes y frutas. Tres gruesas rubias, campesinas sin duda, comenzaron a servir desde un bufé situado junto al edificio. Durante casi dos horas se sucedieron las viandas: fuentes con ensaladas, berenjenas rellenas de hongos, higadillos, anguila en salsa, jugosas parrilladas de cerdo, huevos con tocino y tomate, buñuelos, quesos variados y, para colofón, un surtido de postres rezumantes en miel. Todo ello regado con vinos y cerveza servida en jarras enormes, de dos en dos, en un alarde de fortaleza de aquellas tetonas campesinas. Luego vinieron los brindis, el intercambio de obsequios y las canciones, que se prolongaron hasta bien puesto el sol. Los mil quinientos euros que abonó Erdocia por la fiesta, un verdadero regalo.

Recién vuelto de Ucrania, Juan José Erdocia montó una comida de tarde para celebrar la inauguración de las nuevas oficinas. Los invitados fueron aparcando sus coches sin mayor dificultad, pues, terminada la jornada laboral, la explanada de cemento se encontraba medio vacía. Con satisfacción leyó la relación de empresas establecidas en el parque tecnológico y que aparecían en el gran panel de entrada: agencias de publicidad, emisoras de televisión, telemática, tecnología de control, empresas de seguridad, arquitectura inteligente, equipos de automatización, laboratorios biológicos, informática, y las comparó con la lista del polígono 26, su anterior sede, que recogía prefabricados, metalurgia, garajes y concesionarios, maquinaria de construcción, naves industriales, almacenes de áridos, talleres de artes gráficas, ascensores y montacargas, productos asfálticos o carpintería mecánica.

Había encargado la decoración de la oficina al estudio Gimpera y éste era el resultado: un espacio luminoso y despejado, con mucho acero y metacrilato, salvo su despacho, de aire mucho más solemne, con las paredes de cerezo y los sofás de piel granate.

Pensó que aquel acto inaugural era la ocasión propicia para agradecer a Rober Aldaia la confianza que le había mostrado en sus primeros escarceos profesionales. Le invitó al acto, pero nada adelantó de lo que tenía preparado.

Había unas cuarenta personas, sólo los más íntimos, servidos con un generoso *catering* de alimentos y una sola bebida, el cava brut de Portabella. Juan José Erdocia experimentaba en aquel momento el flujo de preferencia que provocan los hombres avalados por un acerbo de propiedades y negocios boyantes.

Erdocia había adquirido en 1983 un solar desquiciado en los altos de Herrera, tras estudiarse cuidadosamente el plan general de urbanismo. Allí invirtió el pequeño capital conseguido con la representación de productos asfálticos, al que unió la aportación de su suegro, entregada sin papel alguno. Dos años tardó en conseguir la licencia de obras para un edificio de siete plantas, con fachada ostentosa y mucho detalle barroco, por supuesto no de cantería sino moldeado en hormigón. Perdió algunos metros de los bajos comerciales para diseñar un amplísimo portal en mármol, que decoró con fotografías antiguas del barrio y una lámpara monumental colgada de la bóveda. La cancela se forjó con adornos de bronce y las escaleras y el ascensor disponían también de complementos desconocidos en las casas vecinas, lo que provocaba el entusiasmo del posible comprador.

Erdocia siguió a pie de obra todo el proceso de construcción, luchando con los presupuestos y los plazos de entrega. No quiso vender sobre plano porque estaba convencido de que la apariencia suntuosa del inmueble, su remate virtual, acrecentaría ampliamente el precio de salida. Los sacó a 180 mil pesetas el metro cuadrado, cuando la media de los edificios circundantes no llegaba a las cien mil. La operación le reportó setenta millones limpios. Inmediatamente reintegró al suegro su aportación, a la que añadió los intereses de mercado.

Desde el grupo le llamaban para hacer un brindis. Dejó la ventana, donde ya oscurecía, y comenzó la ronda de apretones de manos y palmadas en la espalda. Luego reclamó el silencio de los asistentes y, en el tono ampuloso que requería la situación, expresó «lo orgulloso que se sentía con las nuevas oficinas que nos permiten encarar con optimismo el futuro». Dirigió luego la mirada hacia Rober Aldaia, a quien agradeció su apoyo en los difíciles momentos de su vida empresarial y alabó «el buen hacer de este hombre, modelo de empresarios, que supo transformar su pequeño taller de brocas en la moderna industria de laminados que hoy da trabajo a más de doscientas personas». Se adelantó hacia él y le entregó una placa de recuerdo. De un trago acabó la copa de cava que le había puesto en la mano una azafata.

A mediodía, el sol pegaba fuerte y una neblina cubría Jaizkibel. Cuando llegaron al aeropuerto, a pie de pista les esperaba Ion Etxegarai junto a su Chesna blanca, una reliquia de la aeronáutica, aunque segura y fiable en manos de aquel veterano piloto. Le propusieron tomar algo en la cafetería, antes del vuelo.

—Os acompaño, pero nada de alcohol. Tenemos tolerancia cero.

Juanjo Erdocia y Andoni pidieron martinis con mucho hielo. Joan Tresserras y Etxegarai, café. En aquel momento llegaban los viajeros del vuelo de Madrid. Una pareja de trajeados ejecutivos se acercaron a Erdocia para saludarle.

—Ingenieros de Arcelor —aclaró brevemente.

Entonces llegó Ana Hurtado, responsable del aeropuerto. Alguien le había pasado la noticia. Erdocia la conocía de la Cámara y a su vez formaba parte de la cuadrilla de los sábados de Ion Etxegarai. Por eso se permitió la confianza:

—¿Les vas a montar en tu trasto?

Efectivamente, para Erdocia, acostumbrado a los vuelos en primera, suponía una novedad montar en aquella reliquia. Pero la lentitud del Chesna tenía sus ventajas al permitir una visión más detallada del paisaje. Desde hacía tiempo tenía el propósito de volar sobre Gipuzkoa, para apreciar las infraestructuras e imaginar su eventual intervención empresarial en algunas que todavía se le resistían.

Erdocia se sentó junto al piloto. Sobre un plano de carreteras, tenía subrayado en rojo el trayecto que iban a recorrer. Sobrevolaron primero la bahía de Txingudi, espléndida en aquella mañana primaveral, para salir al mar por el cabo de Higuer y continuar en paralelo a la costa dirección oeste.

—Éste es el recorrido que les hago a las parejas —señaló Etxegarai.

El vuelo en avioneta estaba de moda entre los recién casados. Ion había conseguido introducir su producto en las listas de boda. Generalmente, volaban el día anterior a la ceremonia siguiendo un recorrido que les llevaba hasta Igeldo, para adentrarse desde allí, trazando una amplia curva, sobre el valle de Astigarraga. Pero en esta ocasión, el rumbo era otro.

—Llévanos a la bocana de Pasajes —dijo Erdocia.

Una vez allí explicó el proyecto de puerto exterior, una obra colosal de extraordinaria importancia para el territorio. Cuando se terminara iba a permitir el acceso de buques de gran eslora, «el futuro de la navegación, ahora desviados hacia Bilbao», añadió. E iba a facilitar las maniobras en tierra permitiendo una carga y descarga más racionales. Frente a la postura de los grupos ecologistas, Erdocia consideraba que el puerto exterior no ofrecía más que ventajas ya que, entre otras, haría posible la regeneración integral de la bahía, librando a las cerca de treinta mil personas que habitaban en el entorno, de los ruidos, los malos olores y la polución.

—El presupuesto es de mil cien millones de euros, la obra civil más importante de la provincia. Un verdadero filón. Hemos comenzado en diciembre —lo dijo en plural. A menudo lo hacía así para marcar una distancia retórica, más difícil de conseguir en primera persona.

Ion Etxegarai orientó la Chesna hacia el sur, dejando la costa. Escuetamente, Erdocia señalaba objetivos a medida que los iban sobrevolando.

—Mirad, la tercera vía de la autopista ya casi terminada.

—Aquel terraplén y el puente son para el tren de alta velocidad.

—Esas obras a la izquierda marcan el segundo cinturón. En total, más de ocho kilómetros.

De nuevo por la costa, ahora sobre Orio. Señaló hacia la playa.

—El edificio junto a la ladera lo construye Inmobiliaria Aia. Estamos metidos varios amigos.

Andoni solicitó permiso para abrir la ventanilla porque se estaba mareando.

—Es raro porque no hay la menor turbulencia —le dijo Juanjo Erdocia—, te habrá sentado mal el desayuno. Por favor, si vas a vomitar utiliza la bolsa.

Desde el aire se observaba que todos los valles estaban copados por bloques de viviendas, polígonos industriales e infraestructuras. Tresserras señaló:

—¡Qué diferencia con el Mediterráneo! Allí tenemos rascacielos en la costa, pero te adentras y todo es un pedregal desierto.

Cuando sobrevolaban Endarlatsa, añadió Joan Tresserras:

—Habitáis un territorio muy montañoso. Será imposible construir en esas laderas tan empinadas. Siempre os quedará un poco de verde.

Llevaban cerca de una hora de vuelo, ya al límite de autonomía. El piloto orientó la avioneta hacia la pista y se preparó para el aterrizaje.

Almorzaban aquel día en Martín Berasategi. Erdocia había invitado al piloto Etxegarai y a la directora del aeropuerto para que les acompañaran en la comida. Una vez dentro del coche, Andoni conectó telefónicamente con el restaurante, y avisó que serían dos más. Le dijeron que estaba todo lleno, pero que añadirían platos a la mesa de modo que deberían apretarse un poco. Dos días antes, Erdocia había hablado con Martín y éste le aseguró que no tenía ningún compromiso fuera del restaurante y que estaría para saludarles. Erdocia entendía como condición de una reserva importante —ésta lo era— que los chefs consagrados se acercaran en el curso de la comida para darle un abrazo.

Iban los seis en el Saab, apretados. Al pasar junto a la zona residencial de Jaizubia Erdocia comentó:

—Esta excursión me ha recordado nuestra forma de ser, la de los vascos en general. Mucha pasta pero sin enseñarla. Mirad esas villas de enfrente, escondidas detrás de muros y setos. Vistas de aquí parece que no son nada del otro mundo, pero desde el aire hemos apreciado su amplitud y que casi todas tienen en la trasera frontón y piscina —luego, sin venir a cuento, añadió—: Os aseguro que Euskadi tiene futuro.

En el vestíbulo del restaurante les esperaban los otros comensales. Nada más entrar el *maître* se acercó a Erdocia, saludándole por su nombre. Luego les condujo hasta la mesa reservada.

—He escogido este restaurante —dijo Juan José Erdocia en voz alta— porque es, sin duda, el que mejor refleja la evolución de nuestra cocina. Sin consultaros, me he permitido encargar un menú degustación que, estoy seguro, no os va a defraudar. Tampoco el rioja, una marca para cada plato, que nada tiene que envidiar a los mejores burdeos.

A los postres apareció en el comedor Martín Berasategi, dirigiéndose hacia la mesa que ocupaba Juan José Erdocia. Saludó afectuosamente a todos con la mano y se fundió en un abrazo con Erdocia ante la mirada sonriente de los restantes comensales.

A la mañana siguiente, Joan Tresserres subió a Igeldo en taxi. Había preferido dormir en un hotel céntrico, rechazando la insistencia de Erdocia para que lo hiciera en su chalet. «No quiero quitaros intimidad», dijo como pretexto.

Arantza había salido y él le acompañó por el jardín y el interior de la casa explicando que el edificio era un antiguo caserío, reconvertido a su juicio con una intervención excesivamente agresiva. En el dormitorio, mientras se cambiaban a la ropa de deporte, Joan Tresserras le preguntó por el esguince de la pierna.

—Mejorando. Me infiltraron y está casi recuperada. A estas edades hay que cuidarse.

Salieron a la carretera y de allí, salvando un terraplén de arcilla, a un camino tortuoso de tierra y cantos. Trotaron durante un cuarto de hora, en paralelo al litoral, hasta llegar al Tiro de Pichón. Tresserras quiso visitar las instalaciones.

—Están cerradas. La ley prohíbe tirar a pájaros cautivos.

—Menos mal que os queda el tiro al plato. Lo uno por lo otro.

—No se pueden comparar. El pichón es imprevisible y nunca sabes hacia dónde apuntar. En cambio el plato se lanza con máquina y lo buscas adelantando dos metros su trayectoria. En el pájaro yo utilizaba la Scott de cañones paralelos, con mi nombre y fecha de nacimiento grabados en la culata, una maravilla.

Al llegar de nuevo al asfalto se pusieron al paso y bajaron hacia Ondarreta bordeando un tapial de ladrillo. Joan Tresserras le explicó que, como ya había adelantado, sus socios habían aceptado complacidos incorporarle al proyecto de Cala Ampolles. Con todos los permisos en regla, la construcción se iba a iniciar de inmediato.

—Me alegro. Será un motivo más para visitar más a menudo el Baix Ebre.

Iban por un atajo sombreado, todavía en pleno campo. Dijo entonces Juan José Erdocia:

—Tal vez la felicidad consista en pasear con los nietos por sitios como éste.

—No te veo para nada en esa imagen —le contestó Tresserras.

Aitor Bastarrica era un joven de estructura fina y elegante, muy educado en sus modales. Vestía traje gris, con corbata rosa sobre el fondo de una camisa a rayas. Se trataba, sin duda, del hijo o esposo que cualquier mujer desearía. Llegaron a la puerta del Hotel de Londres, prácticamente al mismo tiempo. Aitor cedió el paso a Juanjo Erdocia. Se acomodaron en el tresillo, al fondo del bar, y Erdocia pidió dos vermúes al camarero.

El asunto comenzó unas semanas antes, cuando Erdocia tomó conciencia de que necesitaba imperiosamente una persona, mezcla de secretario y asesor, de plena confianza. El volumen de sus negocios y sus compromisos sociales crecían de forma imparable y él no llegaba a todo. De la misma forma que había transferido a Andoni de su cargo administrativo en Construcciones Urdiain a una especie de secretario particular de amplísimos cometidos, soñaba ahora con un asesor lúcido. El ritmo acelerado que imprimía a su vida le impedía muchas veces tener una visión global de ella. Alguien le habló de un joven economista, empleado en el despacho que Cuatrecasas Abogados tenía en la Avenida de la Libertad. Lo consultó en una reunión de la Cámara de Comercio y todas las opiniones coincidieron. Aitor Bastarrica era un profesional competente y discreto que había ocupado durante tres temporadas la dirección del Festival de Cine Publicitario. Suya era la última campaña sobre seguridad vial del gobierno autónomo, con aquella imagen impactante de la viga de acero atravesando el cubículo del coche de lado a lado. Aunque no tenía que ver con el perfil del puesto, le contaron que era un surfista experimentado, ganador hacía años de un premio importante en Australia, y que actualmente era subcampeón de tenis de Euskadi.

En la conversación anterior, Juan José Erdocia le había explicado su actividad empresarial, así como los proyectos de futuro. Le comentó también su deseo de triunfar en la vida social y los planes para lograrlo. Quedó sorprendido cuando Aitor Bastarrica completó su biografía citándole otras empresas de las que era socio e hizo una referencia a la capacidad intelectual de su hijo Gorka, del que había sido monitor en la escuela de surf. Quedaron de acuerdo en la dedicación —compatible con su trabajo en Cuatrecasas— y los honorarios que iban a percibir durante los dos meses de prueba.

—He estudiado la documentación que me enviaste —Erdocia le había impuesto el tuteo—. Te adelanto que en la coyuntura actual me parece arriesgada la promoción del polígono 24. A mi juicio, el futuro de los próximos años está en las obras públicas. Una parte muy importante de los presupuestos va a ir a ese sector. Estoy preparando un informe completo.

—No me mandes papeles. Nos juntamos a comer en un sitio tranquilo y me lo explicas.

—Te lo explicaré en detalle y con cifras, y ahora adelanto lo que ya sabes demasiado bien. La lista de obras públicas es interminable y de una envergadura colosal: aeropuerto, segunda circunvalación, tren de alta velocidad, estación modal, puerto exterior, miles de millones de euros.

—El dinero indudablemente me interesa porque tengo mujer y dos hijos, pero el poder que tienes, si no puedes ejercerlo, se convierte en una profunda insatisfacción. Ahora mi mayor preocupación es proyectarme en la sociedad, incluso en el campo de la política. ¿Qué opinas de la trainera donostiarra?

Aitor pensó que la mujer y los dos hijos de Erdocia tenían más que asegurado el porvenir. Se ciñó a la pregunta del final.

—Remé en la trainerilla juvenil de Orio y soy ferviente seguidor de ese club. Creo que el proyecto de montar una trainera potente, la más fuerte que jamás haya existido, es algo extraordinario. Económicamente es viable por su gran repercusión mediática, y socialmente vas a llevarte a la gente de calle.

—Eso ya lo sé. Ahora necesito tus ideas prácticas en el día a día. Y tu colaboración, para despejarme la cabeza de quebraderos.

—Cuenta conmigo, que no fallaré. Te mandé mi currículo.

—Muy brillante. A partir de ahora trabajarás para ponerle un broche de oro.

—Eso espero. ¿Quieres un consejo?

—No andes con rodeos. Para eso te voy a pagar.

—Deberías llevar una vida social más activa. Ya sé que la tienes, pero siempre dentro del mismo círculo de amigos. Extiéndelo. Te sugiero que participes en actos inaugurales, asistas a charlas y conferencias bien elegidas, en definitiva, que des la impresión de ser un hombre preocupado por la problemática de su tiempo.

—Ese mundo de intelectuales me aburre.

—Seguro que termina interesándote cuando te metas a fondo. Otro consejo es tu presencia activa en la Cámara de Comercio, quizás en un cargo más relevante que el de simple vocal. Ya sabemos que la Cámara sirve de poco, pero en tu caso te permitiría conectar con un mundo empresarial más respetado que el que frecuentas. Te daría buena imagen.

—Hablaremos de todo esto. Ahora me tengo que ir a la oficina. No dejes de pensar en ello.

Erdocia se levantó para pedir la cuenta. Vio entonces que el vermú de Aitor estaba intacto y pensó que los ejecutivos jóvenes se cuidaban mucho más que ellos.

Para el envío de la trainera a Ucrania, la primera gestión de Juanjo Erdocia fue telefonear a la Autoridad Portuaria de Pasaia. Vagamente, había oído hablar de su nuevo director, Cavero, pero éste le respondió con una amabilidad extrema, indicadora de su conocimiento tanto de las actividades empresariales de Erdocia como del proyecto de trainera. A sus preguntas, Erdocia contó alguna anécdota del viaje a Ucrania. Luego le preguntó por las comunicaciones marítimas con el Mar Negro. Le dijo Cavero:

—Tanto a Pasajes como a Bilbao nos llegan regularmente buques desde Ucrania, la mayoría rumanos o con banderas de conveniencia. Transportan mineral de hierro tratado, para las acerías. De aquí van a Holanda, Alemania o Inglaterra en busca de carga de retorno. Te mando detalle completo con próximas llegadas.

La más cercana era la del *Galati*, dentro de semana y media. Dos días en muelle para descargar y luego a Rotterdam. De allí a Cardiff a completar carga y vuelta a Odessa. En total, de diecisiete a veinte días de navegación. La trainera podía ir estibada en cubierta con total seguridad. Él se lo pediría personalmente al capitán del *Galati*.

Erdocia telefoneó de inmediato a Andoni.

—Nos tenemos que olvidar del transporte por barco. Tarda demasiado. Busca algo por carretera, algún retorno que nos salga barato. Hay que cuidar los gastos al máximo.

Al cabo de cuatro horas, Andoni entraba en el despacho. Tumbado en el sofá Erdocia dormitaba la siesta. Se despertó sobresaltado al oírle gritar en euskera:

—No te lo vas a creer, las manzanas para la sidra nos vienen de Ucrania.

Le explicó, ahora en castellano, lo que había averiguado en aquellas horas. En sus frecuentes salidas a prensa, los sidreros informaban que la gran calidad del producto se debía al uso de manzana autóctona, un cincuenta por ciento aproximadamente, completada con manzana gallega y alguna de Bretaña y Normandía. Pero que en los últimos años un tonelaje importante venía de Ucrania en camiones refrigerados, camiones que por lo general volvían de vacío. En Transportes San José le informaron de la longitud del remolque, dos metros más que la trainera. Por este medio, en un plazo breve de tiempo y con poco costo, sería posible transportar la embarcación hasta Odessa.

Erdocia fue al armario y sacó una botella de Chivas. Sirvió un pequeño chorro en dos vasos tallados y los llenó de hielo. Ofreció uno a Andoni.

—Te lo mereces. No sé lo que haría sin ti —le dijo, adulador.

El informativo de las ocho anunciaba el embarque en Basora de los últimos contingentes militares americanos. La explosión de una camioneta en pleno mercado de Ramada había causado la muerte de veintitrés civiles. El IBEX 35 había caído un 0,29 % mientras que el DOW Jones permanecía estable. Subida de Ferrovial y derrumbe de Altadis. Victoria del Liverpool sobre el Barça en el partido de ida de semifinales. Y luego, rifirrafe en el ayuntamiento a cuenta de las viviendas de protección oficial en los nuevos barrios. Erdocia acostumbraba escuchar el informativo de las ocho como primer contacto con la realidad cotidiana. Ponía la radio en tono bajo, para no molestar a Arantza, dormida ahora a su lado. Aquella mañana el despertar de Erdocia había sido más complicado porque la cena, una vez más, le había dejado el estómago revuelto. Decidió firmemente espaciar los compromisos, controlarse con la comida y, sobre todo, empezar a ir al gimnasio.

Con cuatro naranjas preparó un zumo. Tostó el pan sin prisas y se hizo el café. Desayunó en la terraza mientras echaba un vistazo al periódico. Calculó que en Ucrania sería una o dos horas más tarde, un buen momento para conectar con Salaberria. Le llamó al móvil. Tras las preguntas de cortesía entró en materia:

—Recibí algún correo, pero quería oírte. Cuéntame.

Salaberria estaba alucinado por la potencia física de aquellos atletas ucranianos. Su adaptación a la trainera había resultado bastante fácil. Entrenaban dos veces al día. Por la mañana se preparaban físicamente en el gimnasio y hacían *footing* y, a partir de las cinco, dos horas en el mar. Las instalaciones, situadas en las afueras de Odessa, magníficas, y el apoyo de las autoridades deportivas, total. En el bloque ucraniano se habían producido dos cambios.

Oleg tuvo que volver a su ciudad natal por un grave problema de familia y lo había sustituido por un tal Yuriy, también olímpico, un fenómeno de resistencia.

—¿Y qué tal se adaptan Sarasola, Aramburu y Gazkue? —eran los tres remeros autóctonos que se habían desplazado para ayudar en la técnica e ir creando bloque.

—Sin problemas. Como sabes, Sarasola no había salido del caserío y era la primera vez que cogía un avión, pero aquí está en la gloria. Las chicas se lo rifan, y ya recuerdas lo buenas que están. Se les va a hacer duro volver.

—Machácales porque os quedan dos semanas. ¿Controlas los estimulantes?

—No les digo otra cosa. He colocado la lista de prohibidos en la puerta del gimnasio y en las habitaciones. Los análisis no detectan nada de nada.

—Cuéntame algo sin que te tenga que preguntar.

—Como anécdota, el sábado nos cogió un vendaval, con olas de tres metros. Menos mal que estábamos junto a la costa. Nos refugiamos en una bahía, con la trainera y mi fuera borda llenas de agua. Viendo el mapa, el Mar Negro parece un lago, pero pocas veces lo hemos pasado tan duro.

—¿Ya hablas algo de ucraniano? —bromeó Juanjo Erdocia.

—Aquí hay una mezcolanza de idiomas terrible. Entre los remeros se entienden en ruso y yo les hablo en inglés y con gestos, cuando no está Olga para traducir.

—Pero si tú no sabes inglés.

—Fui ocho meses a la academia. Aranburu, Sarasola y Gazkue también chapurrean el inglés de la ikastola.

Juanjo Erdocia se sentía cómodo en la terraza y satisfecho por oír lo bien que marchaba el equipo. Continuó:

—¿Y tú no te has buscado novia en Odessa?

—Ocasiones no faltan, pero ya sabes que para mí la mejor es mi mujer. La echo mucho de menos.

Cortó la comunicación cuando Arantza entraba en la sala, cubierta con una bata azul. Le dijo que se había despertado con el sonido de la radio y que por favor procurara escuchar las noticias fuera del dormitorio, ya se lo había dicho bastantes veces.

Demetrio se ocupaba del cuidado del jardín. Vivía con su mujer y dos hijos en un caserío situado en la ladera del mar, trescientos metros cuesta arriba del chalet. Aparecía todos los jueves, hacia las diez, rastrillaba la vereda, recogía las hojas, podaba setos, cercenaba a mano la hierba y apañaba cualquier desarreglo en la casa. En un gran cesto traía del caserío sabores de otras épocas, ya olvidados, los huevos tostados y salvajes, guisantes con sabor a mar, lechugas y tomates de poca presencia pero con aromas suculentos. Hombre de pocas palabras en vasco, su castellano se limitaba a monosílabos, casi siempre de respuesta. Otros hombres de su generación y entorno se habían introducido en aquella lengua, extraña para ellos, durante su servicio militar, pero él consiguió la exención presentando un completo certificado de deficiencias físicas múltiples, que luego, sorprendentemente, avaló el médico castrense.

Se acercó desde el fondo hacia Juan José Erdocia cuando éste salía hacia el coche, aparcado al ralentí en el exterior. Lo dijo en euskera.

—Juan José, ¿tienes un minuto para hablar?

Erdocia llegaba tarde a la cita pero apreciaba hablar con Demetrio. Por el móvil excusó su retraso. Se sentaron en el banco de hierro forjado, junto al seto de hortensias.

Demetrio describió escuetamente —en un minuto de tiempo— la situación. Su hijo mayor, Elías, se casaba y venían a residir al caserío. Tenían recogido en casa a un sobrino huérfano, hijo de su hermana. Necesitaban cambiar la cocina e instalar un segundo baño. Iban a iniciar unas obras de reforma interior, y también en la chabola donde guardaban gallinas y conejos. ¿Necesitaba algún permiso? Se lo preguntaba a él, que estaba tan metido en el mundo de la construcción.

—¿Has preparado planos?

No tenía plano del proyecto pero sí las ideas claras. Por dentro, lo que acababa de explicar. Por fuera, reforma del tejado y sustituir la chabola de aglomerado y cinc por una construcción en arenisca, algo más amplia, donde podría vivir el matrimonio con cierta independencia.

—¿No vas a subirle otra planta?

—¿Se podría? —le preguntó Demetrio—. Metidos en obras, nos vendría muy bien para cuando fueran llegando los nietos.

Juan José Erdocia se sonrió. En una dimensión más reducida era la táctica que empleaban en el gremio: intentar superar la ley por todas las bandas y garantizarse la impunidad.

—¿Qué tal te llevas con los vecinos? —le explicó que los expedientes de ilegalidad se inician casi siempre por mala relación o por envidias.

—La sidrería de Olasagasti está a unos cien metros. Allí cenamos los viernes y echamos la partida hasta tarde. Con todos me llevo bien.

Juan José se explicó escuetamente, adaptándose a los modos de Demetrio: nada de solicitud de licencia, importante coordinar los gremios para terminar la obra en un plazo brevísimo, mejor quince días que un mes, pocos andamios y muy poco ruido.

—Tienes la suerte de tener los dos castaños junto a la fachada. Ahora, en verano, con las hojas lo tapan todo.

—Los plantó el padre el año de la gran helada.

Parecía una simpleza pero se lo soltó porque creía que ayudaba.

—Durante las obras mantén siempre el rebaño alrededor del caserío. Las ovejas dan muy buena imagen. Recuerda que nadie se mete con el sector primario, con la agricultura, la ganadería o la pesca, quiero decir. Otra pregunta, ¿qué tal con el guarda?

—Bittor es de la cuadrilla y siempre se lleva algo de la huerta. Por navidades le mandé dos capones.

—Magnífico. En mi experiencia, creo que no vas a tener problemas.

Albert les había anunciado que aquélla sería su última intervención como monitor de yoga. Le reemplazaba Ana Bustillo, experta en filosofía oriental y habitual viajera a las regiones del Himalaya. A preguntas de sus alumnas, Albert explicó el motivo de su marcha. «Voy a llevar un diecisiete metros desde Santoña a Kingston, Jamaica, por encargo de Patricia Botín. Pasarán allí el verano.»

—¿No nos puedes llevar contigo? —preguntó Elena, la más joven del curso, en tono jocoso.

—Que más quisiera, pero se trata de un encargo profesional. Nos veremos de nuevo en otoño, si aún seguís currando.

—Te echaremos en falta, tesoro —Elena tenía las piernas esbeltas, pero no podía extender el pie izquierdo por una lesión en la columna.

—Y yo a todas vosotras, y a ti, Carlos. Os prometo enviar postales.

Al término de la clase subieron un aperitivo del bar. El tapón del cava saltó contra la lámpara fluorescente, entre la alarma de las alumnas. Todos rieron con el chupinazo. Brindaron por su pronto retorno. La actitud de Albert con sus alumnas era absolutamente profesional, sin concesión alguna. En la calle se despidieron con besos cariñosos.

Albert invitó a Arantza a una última consumición. Lo hizo apretándole las manos de una manera sobria y deportiva.

—Tráenos dos finos muy fríos —le dijo al camarero. Luego preguntó a Arantza:

—¿Cómo van tus relaciones con Juan José? Me han dicho que es un hiperactivo que intenta resolver sus neurosis con el trabajo.

—Gracias por comunicarte conmigo, me das confianza. Te contesto. Desde que comenzaron nuestras desavenencias en el pasado… ¿cuándo es el pasado, me pregunto?... se muestra resentido, como si la culpable fuera yo. Su vida son los otros, sus negocios, me veo relegada. Además, he escuchado llamadas suyas y salidas tras alguna llamada. Creo que tiene a alguien fuera, seguramente para un rato de goce, nada que ver con la dedicación que yo le he ofrecido durante tantos años.

—No te lo tomes a lo trágico. Voy a darte una recomendación: vive tu vida intensamente y piensa primero en ti, es lo que merece la pena. Te encuentro ahora de maravilla, has perdido cinco kilos, estás con el peso que tenías a los treinta.

—¿Cuándo te vas?

—El jueves. A ti te escribiré las postales a la academia, en sobre cerrado.

—Me dijeron que vives en un pisito amueblado con gusto, una bombonera.

—Más o menos.

—¿Me lo enseñarás a la vuelta?

—Ya es tan tuyo como mío.

Arantza se quitó el collar de coral adquirido en el viaje a las Maldivas y se lo entregó.

—Para que nos recuerdes —lo dijo en plural, de forma que no pareciera tan íntimo.

Andoni consultó a Juanjo Erdocia antes de apalabrar la reserva. A su juicio, el Hostal Record reunía todas las condiciones para alojar al grupo de atletas ucranianos. Estaba situado en un lugar céntrico pero en segunda línea de carretera, lo que garantizaba un bajo nivel de ruidos; cercano a la playa de la Zurriola, lugar ideal para paseos y sesiones de *footing;* ambiente familiar, con sólo veintisiete habitaciones, de las que ocuparían ocho; amplio salón para reunirse al anochecer en grupo; una cocina donde oficiaría Igor Alkalde las dietas sugeridas por el médico del club; decoración sencilla y funcional; y unos precios, de ordinario asequibles, que en esta ocasión habían sido ajustados muy a la baja dado el largo período de estancia. Erdocia dio el visto bueno.

A la llegada desde el aeropuerto de Bilbao, los ucranianos estamparon su filiación completa en el libro de registro. Mientras que los nombres, tanto los de los varones como los de las mujeres, tenían raíces cristianas, la fonética y ortografía de los apellidos los hacían irrepetibles. Cualquier referencia personalizada de los medios de información, o de los aficionados, se haría en adelante con la sola mención del nombre: Oleg, Serhhiy, Víktor, Yuriy, Alexei, Anatoliy, Valer, Mijail y Mykola los hombres, y Tatiana, Yulia, Natalia, Olga, otra Olga, las mujeres.

Era el ocho de julio, y la tarde aparecía especialmente calurosa. Habían salido del aeropuerto de Kiev de madrugada, vía Francfort, y ahora yacían en los sillones del hostal con ese aire derrengado que adoptan los atletas de cualquier país, sea cual sea su modalidad, durante las concentraciones. Las mujeres, en cambio, bullían activas por el vestíbulo. Salvo el entrenador Valer, que lucía melena entrecana y una prominente barriga, los componentes de la expedición respondían al tópico de belleza eslava: altos, rubios, atléticos y sonrientes. El personal de servicio del hostal aprovechaba cualquier pretexto para asomarse al vestíbulo y contemplar aquellos espléndidos ejemplares humanos tanto del género masculino como del femenino, embutidos en una ropa deportiva que resaltaba su desarrollo muscular.

Se hizo la distribución de habitaciones. Los remeros que viajaban con sus parejas fueron alojados en dobles. El entrenador y Mykola venían solos y compartieron también habitación. A la traductora Olga se le adjudicó una individual.

Aburridos de esperar, algunos salieron al jardín.

Hacia las ocho de la tarde llegó Juanjo Erdocia. Se disculpó por la tardanza, alegando compromisos importantes y un atasco en el tráfico. Mientras hablaba, la camarera del hostal fue pasando una amplia selección de refrescos y frutos secos de los que dieron buena cuenta.

Por la avenida de Navarra salieron a la playa, a aquella hora en una espléndida marea baja. El público se batía en retirada con los últimos rayos de sol. En la zona de rocas, un enjambre de surfistas se entretenía con unas olas insignificantes.

El grupo de ucranianos paseaba compacto y la gente se volvía para mirarlos. Estiraron las piernas a lo largo del Paseo Nuevo, el muelle y la Parte Vieja. De regreso al hostal ya tenían servida la cena.

Por la mañana, la cita era a las diez. Andoni había preparado en el jardín un semicírculo de sillas plegables frente a la mesita a la que se sentaba. A través de la traducción de Olga les explicó cuantos detalles hacían referencia a su estancia en la ciudad, los horarios de entrenamiento, sugerencias para el tiempo libre con excursiones programadas y los trabajos que desarrollarían durante su permanencia para completar los emolumentos deportivos.

Andoni había realizado un trabajo concienzudo. Basó sus gestiones en las fichas elaboradas durante la visita a Ucrania. El amplísimo entramado de conocimientos personales de Erdocia facilitó su labor. Además, para cualquier empresario, dar trabajo a un olímpico ucraniano de alta competencia profesional era una bicoca. Andoni les entregó una segunda carpeta donde aparecían detalles precisos del trabajo que iba a desempeñar cada uno, por supuesto si es que lo aceptaban. Se había procurado igualar los salarios para evitar desavenencias, aun a sabiendas de que las responsabilidades iban a ser distintas. Había entre ellos dos monitores deportivos, electricista, informático, filólogo, ingeniero, traductora, médica, estudiante de medicina, peluquera, bailarina, albañil. Con respecto a la dedicación profesional, se establecía una diferencia de géneros. Las mujeres habrían de cumplir la normativa establecida por cada empresa, pero, en el caso de los deportistas, lo fundamental era entrenar y competir y por ello se había convenido la flexibilidad de horarios. En cuanto a Olga, en su calidad de coordinadora, intérprete y profesora de español del grupo, se le fijaba una retribución ligeramente superior a la de la peluquera Natalia. Quedaba en el aire el empleo de Myjailo Vasylyk, licenciado en literaturas eslavas, quien debería explicar a Andoni sus conocimientos en otras materias más prácticas.

Desde el fondo, Yuriy reclamaba la atención con la mano levantada. Olga le dio la palabra, traduciendo sus pausadas frases. El currículo le había titulado erróneamente como especialista en artes gráficas cuando realmente llevaba dos años cursando artes escénicas en la escuela del Teatro Nacional. Comprendía la dificultad de encontrar algún puesto adecuado a sus estudios sin conocer ninguna de las dos lenguas oficiales de la comunidad. Por ello aceptaba acudir a Gráficas Portu en calidad de aprendiz, pero sin renunciar a un solo céntimo del salario prometido. En poco tiempo alcanzaría un nivel aceptable, porque se manejaba bien con la informática y le gustaba la plástica y el diseño.

—Parece una propuesta razonable, aunque habrá que consultar con la dirección —le contestó Andoni. No creía que Ignacio Álamo pusiera dificultades. De las empresas de Erdocia le llegaba mucho trabajo, cada año.

—¿Algo más? —preguntó.

Estaban enfrascados ojeando papeles y folletería turística, y nadie dijo nada.

—Tienes que acompañarme a comer. Esta vez no me puedes fallar —dijo Juan José de forma tajante.

Arantza se había excusado porque tenía un compromiso previo. Celebraban el final del curso de yoga y era ella quien se había ocupado de encargar el restaurante y confeccionar la lista de asistencias. Le era difícil manejar una justificación ante sus compañeras. Pero Juan José Erdocia se había comprometido con el consejero y éste le sugirió que, al tratarse de un sábado, era mejor que vinieran también las señoras.

—Vaya aburrimiento. Una pareja a la que no conozco. A saber qué rollo tendrán —apuntó Arantza.

—Tampoco a mí me apetece, pero son obligaciones impuestas por nuestra posición social. Me interesa mucho mantener la mejor relación con Otaola.

—Una vez más me pliego. Al menos me dejaré caer por donde mi grupo a la hora del café.

Les sentaron junto a una piscina oscura abarrotada de langostas. La mujer del consejero Otaola se llamaba Julia y había algo de artificial en su espectacular belleza, con el pelo teñido de gris, el pecho evidentemente manipulado y unas manos cuidadísimas. Mantuvo un extraño comportamiento, que luego Erdocia averiguó era el suyo habitual. No entraba en las conversaciones de grupo, tenía la mirada ausente y, cuando hablaba, se dirigía a su marido con temas que sólo ellos conocían. En ningún momento de la comida se dirigió a Arantza, ni siquiera la miró, provocando su lógico embarazo. Cuando vino el sumiller, Julia se decidió por el champán, que bebió de una copa estrecha y altísima acompañando a todos los platos. De segundo, el camarero sacó en una fuente las manitas de cerdo rellenas con carrilleras y salsa de sidra.

—Dios mío, ¿qué es esto? —exclamó Julia.

—Manitas de cerdo, pero no las vas a reconocer. Están deliciosas —le contestó el consejero Otaola.

—Pero yo no he pedido carrilleras.

—Las encargué al hacer la reserva, pero estamos a tiempo de cambiar. ¿Qué te apetece?

—Ha sacado raciones para cuatro. Habrá que comérselas.

—No se preocupe, señora —dijo el camarero—. Pida otra cosa que le apetezca.

Julia negó con la cabeza. Adoptó un aire de resignación y fue probando con desgana pequeños trozos de carrillera. Los otros tres comensales terminaron sus raciones e incluso rebañaron la salsa.

Con aquellas maniobras, la mujer del consejero se había convertido en centro de atracción del grupito. Antes de los postres anunció que iba a hacer una llamada desde el jardín.

—Si quieres, te acompaño —le dijo Arantza en un intento de atraérsela.

—Encantada, querida —la miró, se hubiera dicho que por primera vez, y salieron tomadas del brazo.

—Julia está muy preocupada con nuestra segunda hija. Se ha ido a vivir con su novio —la justificó el consejero—. No creo que sea éste el momento para hablar de cosas serias.

—Dame una cita.

—La semana que viene no podrá ser. Tenemos el ciclo de desarrollo sostenido en el paraninfo de la universidad y voy a estar muy liado. Quizá la siguiente.

—Si no tienes inconveniente, recordaré la cita a tu espectacular secretaria.

Entraban entonces en el comedor Arantza y Julia, enlazadas por la cintura y riendo a carcajadas, como si en los pocos minutos que habían permanecido en el jardín hubiera cuajado entre ellas una amistad. Pero al sentarse a la mesa, Julia recobró su aire melancólico. Al rato dijo:

—Si no tenéis inconveniente, yo me retiro. Hoy no es mi día. Pero quedaos vosotros un rato más, que yo pido un taxi.

Arantza recordó la comida del grupo de yoga. Estarían ahora con los cafés, en el mejor de los ambientes. Quería a toda costa terminar la tarde con ellos. Lo explicó con detalles exagerados, para hacer más creíble la excusa. Decidieron volver las dos en taxi. Salieron cogidas del brazo.

—Si quieres me lo cuentas ahora —dijo el consejero.

Pidieron los cafés y Juan José encendió un Cohiba.

Las órdenes de Erdocia eran tajantes: había que llenar el Kursaal hasta verse obligados a cerrar las puertas de acceso. Para la gente que quedara fuera se habilitarían una gran pantalla y sillas plegables. Andoni actuó con la eficacia que le caracterizaba. Se puso en movimiento y contactó con los presidentes de las sociedades populares, clubes deportivos y asociaciones varias, solicitando el listado y etiquetas con la dirección de sus asociados. La invitación era escueta, «al acto de presentación de la trainera donostiarra», con indicación del lugar —el Auditorio— y la fecha. Al final, el señuelo: «A la terminación del acto y durante una hora, los bares del entorno (aparecían en la lista una veintena) ofrecerán un vino a quien presente esta invitación». La oferta era atrayente, primero por el tema y luego por el espacio solemne donde iba a desarrollarse el acto.

Para completar la campaña, tres jóvenes de confianza buzonearon los barrios más emblemáticos. Se pegaron carteles en bares, comercios y en lugares no permitidos de la vía pública.

Los medios de información se estaban volcando en la difusión del acto. A ello ayudaba la campaña publicitaria contratada con ellos.

Diez días antes del evento, Juanjo Erdocia le dijo a Andoni:

—He visto tus propuestas para moderador. Me inclino por Resusta. Es el más conocido y profesional. Además, está volcado en el proyecto. Le he hablado y acepta muy gustoso. ¿Has pensado en la gente para el turno de preguntas?

—Habrá al menos cinco, bien distribuidos por el Auditorio. Les he dicho que no se limiten a levantar la mano. Tienen que ponerse en pie y pedir el micrófono. La azafata que se lo va a llevar es de confianza y les dará preferencia. En cuanto a las preguntas, las voy a elaborar este fin de semana. Te las paso el lunes.

—¿En quién piensas para la mesa? Yo tengo algunos imprescindibles.

—Te haré alguna sugerencia el lunes. Tienen que ser gente de prestigio, bien aceptadas, sin problemas, ya sabes lo complicado que es el mundo del remo. A ver qué te parecen.

—No podemos fallar. Me juego mucho en todo esto.

—Saldrá bien, ya lo verás.

El día 11, a las siete y cuarto de la tarde, el intendente del Auditorio ordenó cerrar las puertas porque ya se había completado el aforo. Seguía llegando público. Algunos se marcharon, pero la mayoría optó por ocupar el espacio exterior ante la gran pantalla.

El presentador dejó pasar unos minutos de la hora para permitir que la gente se acomodara en sus butacas. Detrás de la mesa presidencial, aparecían proyectadas en gran formato las figuras de personajes míticos en el mundo del remo. Resusta saludó a la concurrencia, «la más numerosa que me ha tocado presenciar en un acto de estas características». Insinuó que quizás hubiera sido preferible habilitar el Palacio Municipal de Deportes, aunque reconocía que le hubiera faltado el ambiente y calor del Auditorio. A continuación, presentó a los ocupantes de la mesa presidencial, pidiendo para ellos una ovación. Juan José Erdocia se enderezó en la silla y levantó la cabeza ostensiblemente. El presentador dejó un minuto para los aplausos y luego dijo que, en líneas generales, conocía el proyecto y que estaba al cien por cien con él. Era hora de que la ciudad tuviera una representación digna en el mundo del remo tras tantos años de sequía. Finalizó el preámbulo: «Pero no me voy a extender más porque aquí, lo que interesa, es conocer el proyecto por boca de su promotor, el buen amigo

Juan José Erdocia, un hombre que ha triunfado en los negocios y quiere revertir en la sociedad una parte de lo que de ella recibió».

Juanjo Erdocia sintió un escalofrío de satisfacción al concentrarse en él la atención de los asistentes. Inició su discurso en euskera señalando que, nacido y criado en Tolosa, como tantos otros hombres y mujeres del país había extendido su ámbito de trabajo por toda Gipuzkoa, e incluso por el Estado, con el principal propósito de crear empleo y riqueza. Dijo que debía reconocer, con toda la modestia necesaria, que lo había conseguido. Ello se debía sobre todo al magnífico equipo que trabajaba en sus empresas y al apoyo de las instituciones cuando tuvo que recurrir a ellas. (Cambió al castellano al entrar en la parte importante del discurso.) «Tengo una deuda con la sociedad y deseo pagarla desarrollando el proyecto que muchos de vosotros ya conocéis y que expongo a continuación.»

Sobre la mesa se encontraba la pantalla del ordenador con el guión de su discurso. Juan José Erdocia lo plegó ostensiblemente como demostración de que su oratoria no precisaba de apuntes. Carraspeó levemente y siguió: «Como tantos guipuzcoanos de la provincia, resido ahora en San Sebastián. No voy a decirles lo que supone vivir en una ciudad tan hermosa y con tantas posibilidades. En estos últimos años he leído cuanto se ha escrito sobre su historia y sus costumbres. Siempre lo he dicho, y ahora me ratifico en ello, lo mucho que las regatas de traineras significan para esta ciudad. Son ya ciento treinta y tantos años de celebración ininterrumpida, siempre con un extraordinario ambiente. Me dicen, y lo he comprobado personalmente, que el segundo domingo de regatas es el día más multitudinario del año donostiarra. También señalaré que desde hace algunas temporadas ha resurgido el remo en todo el litoral cantábrico gracias a una liga que es modélica en organización».

Erdocia dirigió su mirada hacia Elena Suárez, presidenta de la Asociación de Clubes de Traineras, organizadora de la Liga. Elena le devolvió una sonrisa agradecida. Continuó Erdocia, en tono ligeramente despectivo disfrazado de afabilidad:

—Que me perdonen los donostiarras, pero hay algo, algo fundamental, en lo que han fallado. No se entiende bien que una ciudad de doscientos mil habitantes, una ciudad con el segundo presupuesto municipal por habitante del Estado, y con la gran tradición que el remo ha tenido aquí, llevemos más de medio siglo sin haber conseguido una victoria importante. Pues bien, aquí quería llegar: mi proyecto, que ya es una realidad, pretende, y lo va a conseguir, que la tripulación donostiarra sea la mejor, capaz de llevarse todas las banderas importantes del Cantábrico.

La sala rompió en un aplauso cerrado, interrumpido al medio minuto por Juanjo Erdocia con un gesto de la mano. Se apoyó satisfecho en el respaldo de la silla.

Explicó Erdocia cómo la nueva normativa de regatas permitía la contratación libre de remeros y que él, gracias a sus contactos, había recurrido a los mejores. Los mejores del mundo estaban ahora en Ucrania. La residencia Smela, a orillas del Dnieper, preparaba a cerca de trescientos jóvenes, chicos y chicas, seleccionados escrupulosamente en las escuelas del país en función de sus características físicas. Él había viajado recientemente para comprobarlo. El resultado de esta política deportiva estaba a la vista, en total cinco medallas de oro en Pekín, entre ellas la prueba cumbre, el *ocho* masculino. Pues bien, él tenía ya firmado un contrato con siete de aquellos atletas, los mejores, para remar en la trainera donostiarra. Y esta operación, es decir, la seguridad de contar con un grupo de altísimo nivel que se llevaría los premios, le había permitido incorporar a los mejores remeros nacionales, incluidos tres donostiarras que remaban en otros clubes.

La noticia, por supuesto, ya la habían filtrado los medios de información en el curso de las semanas anteriores, como una posibilidad con la que se trabajaba. Ahora, en boca de su promotor y financiero, llegaba la confirmación. El público del Auditorio rompió de nuevo en aplausos.

El presentador pidió silencio con un gesto e invitó a que intervinieran los componentes de la mesa. Coincidieron todos en considerar el plan muy brillante. Se abría una nueva etapa en el mundo del remo, quizá la más importante de su historia. Aquel proyecto iba a generar nuevos recursos económicos gracias a la televisión, a los nuevos patrocinadores, al *merchandising* y al incremento de público. Tardágila señaló que el remo estaba tomando el camino del fútbol, y puso el ejemplo de los clubes ingleses que con sus inteligentes fichajes habían hecho de la Premier League la mejor competición del mundo. Iraola preguntó si esta prometida trainera sería realidad en la presente temporada. Erdocia dio un trago a su botella de agua y continuó con la euforia creativa de quien se sabe ganador.

—Mandamos por camión una trainera para entrenamiento. Están concentrados en la costa de Odessa. El Mar Negro en esa zona, cuando sopla del este, se pone muy duro. Con ellos entrenan Gazkue, Aranburu y Sarasola, que aprovecharán la estancia para sacarse el título de preparadores físicos por la Universidad de Kiev. También está Salaberria, como entrenador y jefe de grupo. Tenemos vídeos muy interesantes de los entrenamientos y estamos en tratos con ETB para darlos a conocer.

Llegaba ya el turno del público. El presentador solicitó que los interesados en intervenir salieran al pasillo. Lo hicieron rápidamente cinco personas. Les pidió preguntas concretas y breves.

—¿Cómo es posible contratar a tantos atletas de élite? Eso supondrá un pastón enorme —era un hombre de barba entrecana.

—En el remo olímpico no existen profesionales. Además, tenga usted en cuenta que el PIB per cápita ucraniano es de 2.700 dólares, diez veces inferior al de Euskadi. Les hemos encontrado a todos un trabajo bien pagado. Aquí van a poder ahorrar mucho dinero.

—Con esta política ¿no cree que otros clubes históricos como Orio, Hondarribia o Kaiku pueden llegar a desaparecer?

La pregunta que había formulado el presidente del club de Remo de Orio llevaba un riesgo implícito. Inmobiliaria Aia, de la que era socio principal, construía en aquel momento dos bloques de viviendas junto a la playa del pueblo. Cabeceó Erdocia, negando:

—Ni soñar. En remo no todo se resuelve con dinero. Vuestro pueblo, con sólo cuatro mil habitantes, ha ganado treinta y dos banderas de la Concha, el doble que el siguiente en la tabla de clasificación. Lo que nosotros estamos haciendo servirá de incentivo a los demás.

Otro interviniente:

—Siendo usted un hombre extraño al mundo del remo, ¿qué razones le han movido para entrar en él?

—Lo he explicado en mi primera intervención. Quiero devolver a esta ciudad algo de lo mucho que me ha dado.

Y también, por qué no decirlo, responde a mi temperamento. El no poder estarme quieto, las ganas de enredar, han sido una constante en mi vida. Me he rodeado además de buenos asesores.

Resusta dio la palabra a una joven alta y rubia, enfundada en vaqueros gastados. Trabajaba de secretaria en Excavaciones y Demoliciones, una de las empresas en las que Erdocia tenía intereses.

—Usted, señor Erdocia, es un hombre emprendedor, metido en muchos negocios. Supongo que intentará sacar un rendimiento publicitario a su inversión. ¿Qué logo llevarán la trainera y las camisetas?

Se levantó para contestar. Sintió ardor en la garganta, no sabía por qué. Bebió un trago de agua.

—Estamos trabajando en ello mi equipo y yo. El logo tendrá relación con necesidades de la infancia o con el hambre en el mundo, posiblemente será el de una ONG. En este terreno el Barça es nuestra referencia. Lo que no quita para que precisemos del máximo apoyo institucional. En este sentido, mantenemos estrechos contactos con una entidad de ahorro muy querida por todos.

El presentador cortó el turno de intervenciones. El acto finalizó con un aplauso prolongado. Sobre el escenario, Juanjo Erdocia atendía a los numerosos medios de comunicación. Mientras tanto, el público salía ordenadamente y comenzaba a distribuirse por los bares de la zona para hacer uso de la invitación a que tenía derecho. Había anochecido ya. Sobre la fachada del Kursaal apareció perfilada en luz azul una trainera, que luciría todas las noches de aquella semana.

Al salir, Erdocia reprimió las ganas de fumarse un cigarrillo.

Acostumbrado Juanjo Erdocia a los lujosos despachos de empresa o de los grandes partidos políticos, la sede de EBA le pareció de una sobriedad franciscana. A la puerta, le recibió Victoria Sanchíz, veterana militante dedicada a la causa de la izquierda desde los tiempos lejanos de la Transición. Le anunció que Galarraga y otros dos afiliados llegarían con cierto retraso a la cita. La culpa era de ella, pues por error le había citado a las 11 en lugar de a las 11.15 como estaba convenido.

Mientras aguardaba, Erdocia observó los objetos vagamente sediciosos distribuidos estratégicamente sobre el aparador y las mesas, o colgando en las paredes: la bandera tricolor, un pergamino con los nombres de los fusilados en el cementerio de Hernani en octubre del 36, los bustos de Marx y Carrillo, y muchas fotografías, entre ellas la inevitable de Pablo Iglesias, la de Juan Carlos de Borbón de cacería en Transilvania junto a un oso abatido, la proclamación de la República en Eibar y un precioso grabado de François Lauqué sobre la toma de la Bastilla con un mensaje: *«Dédié par le groupement de Bayonne a nos amis internationalistes de Saint Sebastien».*

En ello estaba cuando entraron Galarraga, Aguirre y Ruiz. Se saludaron afectuosamente y le invitaron a pasar al despacho del coordinador. Erdocia señaló las paredes con la mano.

—Todo esto me recuerda el pasado, aquellas utopías nuestras, el sueño de una sociedad mejor. Teníamos ideales y quizás éramos más felices.

El trío no dijo nada.

—¿Por qué no bajamos al Aloña? —sugirió Erdocia. El Aloña, situado a la vuelta de la esquina, ofrecía unos *pintxos* muy bien elaborados y un comedor al fondo, a aquella hora vacío, que serviría perfectamente para la reunión. Pero inmediatamente se arrepintió. ¿Y si los de EBA lo tomaban como un signo de desconfianza? ¿Creerían, quizás, aunque fuera remotamente, que él sospechaba de posibles micrófonos ocultos? Por ello añadió de inmediato:

—La verdad es que estamos muy bien aquí.

Pero la oferta del Aloña les había parecido muy sugestiva a los tres militantes y hacia allí se dirigieron.

Antton Ruiz inició en euskera su alocución, manifestando la gran satisfacción que habían sentido ante el proyecto de una trainera de primerísima categoría. Como en el caso de la Real Sociedad de Fútbol, tendría el apoyo unánime de los ciudadanos, tal como se había demostrado en la presentación celebrada en el Auditorio, en las cartas dirigidas a los medios de información y en los debates de todo tipo surgidos a partir de la noticia. La trainera se constituía en un elemento integrador de sensibilidades en momentos de tanta crispación política. A nivel municipal, posiblemente se trataba del único tema en el que todos los grupos coincidían al cien por cien.

—¿En qué podemos ayudar? —Galarraga le hablaba ya en castellano.

Erdocia explicó que el inconveniente más grave para el proyecto era la falta de unas instalaciones adecuadas para entrenar, tanto en tierra como en la superficie del agua. Con las otras formaciones políticas se había llegado a un principio de consenso para la construcción del club social en la orilla derecha del río. Estas instalaciones serían dotadas de los últimos adelantos técnicos y resultarían gratis al municipio gracias a la recalificación de una parcela contigua donde se construirían tres bloques de viviendas, perfectamente integrados en el paisaje del parque cercano. El inconveniente radicaba en la dificultad para entrenar a diario, a una hora fija del atardecer, dado el escaso calado de la ría. Un dragado a fondo permitiría la creación de un parque náutico al alcance de todos los ciudadanos.

—¿No servirían Pasajes, o el muelle donostiarra? —la pregunta venía de Ruiz.

—En el muelle no existe ningún espacio aprovechable, y Pasaia se encuentra en plena remodelación de cara a la construcción del puerto exterior.

—A ti te puedo hablar claramente —se conocían de los tiempos en que Galárraga había sido parlamentario en Vitoria—. Nosotros hemos completado nuestras siglas con los Verdes, porque así nos sentimos. Tenemos conciencia de que hay que adoptar medidas radicales para salvar el planeta. Pero una cosa es la ecología y otra el fanatismo radical que pone tantos obstáculos al progreso. Los informes de expertos aseguran que en la arena del río no existe vida animal significativa. Pero como grupo estamos condicionados por Ilargi, y a éstos ya les conoces. En los últimos años se han opuesto, por principio, a todos los grandes proyectos, fuera cual fuera su contenido: incineradora, ampliación del aeropuerto, tren de alta velocidad, puerto exterior, incluso a las corridas de toros. En la mayor parte de los casos coincidimos con ellos, pero en otros no, por ejemplo en el dragado del río.

—Convencedles.

—En democracia decide la mayoría. Si el ayuntamiento quiere, la dirección de Costas no va a poner dificultades. Pero es mejor que no la armen.

—Convénceles —repitió Erdocia.

—Los lidera Arostegui, un obcecado.

—Consíguelo. Confío en ti. La ciudad se juega demasiado en este envite.

Habían terminado la tortilla y dos botellas de sidra. Pidieron otra ronda.

A partir de la tercera semana de estancia en San Sebastián, Alexis Rebrov comenzó a sentir un dolor generalizado en el cuerpo. Años antes, en un accidente de tráfico, se había fracturado el hombro y esto le provocó los síntomas que ahora se reproducían. Se recuperó con rapidez, tanta que pudo iniciar de inmediato los entrenamientos, alcanzar su habitual nivel deportivo, incorporarse al equipo olímpico y triunfar en Pekín. ¿Por qué, entonces, le volvían aquellas punzadas lacerantes, la ansiedad y depresión continuas que le impedían dormir?

Salaberria había colocado a Alexis en popa, junto al patrón. Él marcaba el ritmo de boga con una especial habilidad. Era un hombre fundamental en el equipo. Por indicación de Erdocia, Andoni se puso en contacto con Arratibel.

El informe del médico fue terminante. Aquel dolor tenía un componente subjetivo, ya que el tejido contuso se había recuperado y no existían disfunciones orgánicas de ningún tipo. Indudablemente, el dolor se debía a un factor psicológico. Era fundamental mejorar la naturaleza de las relaciones humanas, reforzar su sociabilidad y de alguna forma vincularlo con modos de vida que había perdido durante su estancia fuera del país.

La vida de los ucranianos de ninguna manera era monótona, aunque sí repetitiva: trabajo, entrenamientos y algún paseo. En adelante, una vez por semana, organizarían excursiones colectivas por los alrededores. La primera sería a lo largo de la costa de Lapurdi, desde Hendaya a Bayona. Erdocia recordó entonces la iglesia ortodoxa de Biarritz. Había pasado junto a ella muchas veces, en dirección al Casino cuando el juego estaba prohibido a este lado de la muga.

El autocar salió del hostal a las diez. Les acompañaba Alberto Madina, cámara de televisión local que estaba trabajando en un reportaje sobre el grupo. Hora y media más tarde aparcaban en pleno centro de Biarritz y andando llegaron a la iglesia ortodoxa. A la puerta les esperaba el pope Eugeni Kozaczuk, ucraniano del sur, quien iba a oficiar una misa especial en su honor. Les explicó nostálgico que la iglesia había sido construida en 1892 para atender a la nobleza rusa que pasaba los inviernos en Biarritz, villa que luego acogería a cientos de rusos blancos escapados de la revolución.

Al interior del templo no alcanzaba el ardor de un mediodía de agosto. La liturgia se inició con una procesión en la que Alexis, cristiano practicante, llevaba un retrato de la Santísima Virgen, Mykola el pan que sería bendecido, Olga una biblia y el resto de los asistentes velas encendidas. El pope Kozaczuk ofició en ucraniano, terminando la ceremonia con un «Jrestos Voskres» que fue contestado con un rotundo «Voísteno Voskres» por el grupo. El cámara Alberto

Madina no cabía de contento ante aquel espectáculo de auténtico sabor folclórico que enriquecía el documental.

Salieron hacia la Grande Plage, atiborrada de gente en aquel mediodía de verano. El pope les acompañó en el almuerzo, celebrado bajo los toldos del Windsor, y a su lado se colocó Alexis, que no dejó de hablarle un solo momento. Por la tarde, el pope ofició de guía improvisado en la visita al Museo del Mar y al Museo del Chocolate.

Para seguir evitando el desarraigo cultural, pocos días después Andoni estudió la instalación de una nueva antena parabólica en el tejado del Hostal Record. Pero de entre todos los canales ucranianos sólo podían sintonizar STS, con emisiones mayoritariamente en ruso. Hubo una solicitud unánime pidiendo acceso a los otros canales. Andoni gestionó ante la comunidad de propietarios de una torre vecina permiso para instalar la parabólica en su terraza, lo que le fue concedido de inmediato en atención a los fines a que iba destinada.

Estirado en la tumbona y siguiendo su costumbre, Juan José Erdocia anotaba en el bloc algunas ideas. Se sentía mucho más inspirado en el barco, al aire libre, que en la oficina. Sonó la musiquilla del teléfono. Erdocia depositó los periódicos, el cuaderno y bolígrafo sobre la amura, y se conectó al auricular. Era Maggie.

—Señor Erdocia, he preguntado en la dársena y no conocen su barco. ¿Dónde lo fondea?

—Mira hacia la bahía —la tuteó. Es el de los dos mástiles, con el casco pintado en verde. ¿Lo ves?

—Ahora sí, y a usted también, de pie a popa. ¿Cómo puedo llegar hasta allí?

—Se llama *Izarra*. Si quieres me acerco a recogerte con el fuera borda. Pero será más rápido si te traen en la canoa del club.

Maggie cursaba periodismo, era sobrina del director de *El Diario Vasco* y hacía en este periódico sus prácticas durante el verano. Venía muy recomendada. La cita la había establecido el jefe de la sección cultural, lo que explicaba el pequeño despiste sobre el lugar de encuentro.

Unos minutos después llegaba la Zodiak. Erdocia la ayudó a subir al *Izarra*. La chica no pesaba nada. El fotógrafo que la acompañaba tiró varias instantáneas de Erdocia, indicándole las posturas que debía tomar, y regresó a puerto en la embarcación hinchable del Náutico.

—¿Te sirvo algo?

Maggie negó con la cabeza.

—Me han encargado la entrevista de última página. Tengo recogida información y quisiera hacerle algunas preguntas —se la veía tensa.

—Las que quieras. Me telefoneó Mitxel y estoy a tu disposición.

Para el recuadro identificativo le preguntó la edad: «Cincuenta y tres años». «¿Lugar de nacimiento?» «Tolosa.» «¿Y profesión?» «Empresario.» Luego entró en detalles.

Juan José Erdocia leía la sección «Verano de entrevistas» muy por encima, salvo que se tratara de una persona conocida. Publicadas a toda página en la última, reportero y entrevistado solían sintonizar para ofrecer un producto amable.

Maggie se interesó por sus negocios: de qué empresas formaba parte, exactamente, si tenía ambiciones políticas, sobre las verdaderas razones que le habían llevado a crear una tripulación campeona. Todo ello en un tono ligeramente inquisitivo, como si se tratara de un programa de investigación. Ella iba escribiendo en un pequeño bloc y Erdocia especuló que podría llevar oculta una grabadora en el bolsillo del chándal, ahora que las hacían tan pequeñas. A mitad de la entrevista dejó de tutearla, dado que Maggie seguía hablándole de usted.

—Cuénteme su vida en pocas palabras.

Erdocia habló de su familia, sus estudios en los Jesuitas, el ingreso en la facultad. «Económicas, por supuesto», su padre vendiendo herramientas por toda España. Sus primeros viajes al extranjero, Liverpool, Dublín y los tres meses en Lieja. Aquellas actividades le alejaron de la lucha política, aunque él se sentía en aquella época de izquierdas. Y luego la muerte repentina de su padre, fumador empedernido, un día de verano que recordaba como de insoportable calor. Fue entonces cuando se vinieron a San Sebastián.

—¿Cómo era Tolosa entonces?

—Venir de Tolosa por carretera, veintitantos kilómetros, era una aventura que duraba una hora mínimo. La mayoría de las veces cogíamos el tren. Durante todo el trayecto se bordeaba un río nauseabundo, colmado de espumas que vertían las papeleras instaladas a lo largo del cauce. Decían que no había dinero para depuradoras. Recuerdo el ambiente de sus siete calles, las primeras *boîtes* y los puticlubes, el Halifax, el Kiss, y el escándalo que causaron en aquella sociedad tradicional, especialmente cuando el Pussy Cat introdujo los desnudos integrales con unas negritas cubanas.

El aplomo de Juan José Erdocia fue rebajando los humos de la reportera. En las siguientes preguntas se hizo más cercana. Aprobó con un gesto la frase de Erdocia «el amor y la muerte son los temas fundamentales de la vida», quien seguidamente se confesó amante del mar y de los libros que lo tenían como fondo de la acción, así como de las biografías de grandes personajes históricos. Pero aquella actitud de acercamiento quedó truncada cuando Erdocia volvió a ofrecerle un martini «o cualquier otra bebida», propuesta que Maggie rechazó, a saber por qué, con disgusto manifiesto.

Llevaban ya una hora pasada. Por el móvil, Erdocia avisó para que vinieran a recogerla. La lancha neumática tardó en llegar unos veinte minutos, tiempo en el que Maggie intentó sonsacarle sobre su exacta implicación en la vida económica y social del país.

A la mañana siguiente, temprano, Erdocia recogió el periódico del buzón. La entrevista se ilustraba con tres fotografías, una de primer plano y las otras con el fondo de la bahía. El tono era amable y distendido, en la línea de los reportajes veraniegos. Entonces, ¿por qué se comportó Maggie con aquella desafección?, ¿qué razones le movieron para formularle tantas preguntas que no aparecían ahora? Por un momento pensó llamar a Mitxel, o a algún otro periodista conocido, pero decidió que era preferible no revolver.

Al otro lado de la línea, Roberto Aldaia, hombre fuerte de los nacionalistas en Gipuzkoa, pidió a la secretaria, Nora, que le pasara con Egaña.

—Lo siento, Rober, pero Luis acaba de salir. Por si puede servir te informo que estará a la noche en el Museo de Bellas Artes. Se inaugura una retrospectiva de Néstor Basterretxea. Si no, llámale al móvil.

—Ya sabes que lo lleva restringido. Dile que me llame él sin falta, en cuanto pueda. Es importante.

Solo en el despacho, Aldaia meditó sobre la escasa relación que mantenía con el mundo de la cultura. Evidentemente, aquel ámbito no era el suyo. Aunque tenía en su casa de Zarautz una valiosa obra de artistas locales, la manía de los modernos por deformar plásticamente la realidad se le hacía insoportable. Siguió en su trabajo y almorzó ligero en el comedor de la fábrica.

A media tarde recordó su propósito de participar más activamente en la vida cultural y social del país. Para ello no hacía falta tener muchos conocimientos ni de pintura ni de música. Por experiencia sabía que en los actos inaugurales y en el descanso de los conciertos la conversación derivaba hacia temas generales en los que él se desenvolvía con soltura. A las seis y media tomó la decisión. Sacó el coche del garaje y puso rumbo a Bilbao.

En la galería de acceso al museo, su director, Javier Viar, y el comisario de la exposición, flanqueaban al alcalde en su camino al estrado. Tras ellos y en fila marchaban la consejera de cultura, Egaña y cinco concejales de todo el espectro político del consistorio bilbaíno. Inició el acto con una breve intervención el director del museo, al que siguió una parrafada interminable del comisario, que pocos siguieron. Durante su transcurso, Rober Aldaia se fue deslizando entre el público hasta llegar a la altura del secretario general de los nacionalistas.

—Me gustaría hablarte cinco minutos —le susurró al oído—. Dame una cita.

—Luego nos tomamos juntos una copa.

Finalizado el acto, algunos estudiantes de arte y los asiduos a exposiciones se pusieron a recorrer las salas contemplando la obra expuesta, mientras la mayoría formaba corros entre los que las camareras distribuían minúsculos tacos de tortilla y copas de cava. Al cuarto de hora, Egaña se acercó al grupo donde se encontraba Aldaia y le tomó del brazo.

—Ya hemos cumplido de sobra. Vamos a mi coche y allí charlamos tranquilos.

El chófer desplazó el Audi al otro extremo del parking y salió del vehículo. Habló Aldaia.

—¿Has leído la prensa? Me refiero al asunto de la trainera donostiarra. Va a arrollar, con sus remeros galácticos de Ucrania.

—He visto la prensa y la televisión y he escuchado la radio. Este Juanjo Erdocia se ha hecho famoso de un golpe.

—Famoso y querido. ¿Sabes que es simpatizante nuestro?

—Sé que contribuyó para la campaña de las últimas autonómicas, pero me consta que también lo hizo con otros partidos en ayuntamientos donde tenía intereses. Personalmente no le conozco.

—Yo mucho. Somos socios de un coto en Vinuesa desde hace siete años. Me dijo que el dinero no significaba gran cosa para él, que lo que le interesaba era tener proyección política.

—¿Como diputado, por ejemplo?

—A éstos no les conoce nadie. Erdocia es muy popular. Montó muy bien la presentación del proyecto y el público salió entusiasmado.

—Normal, erais todos donostiarras. Habría que preguntar a los de Orio, Urdaibai o Zumaia. Estas tripulaciones ya no van a contar para nada. No hay más que un favorito.

—Tiene una memoria prodigiosa. No se trajo ni un apunte a la mesa. Maneja muy bien al público.

En la distancia, salían del Museo de Bellas Artes los últimos invitados. De inmediato se apagaron las luces de la entrada.

—¿Qué tal anda con el euskera?

—Perfecto. Tanta facilidad como con el castellano. Además se defiende en inglés y francés.

—O sea, que le ves candidato nuestro para la alcaldía de San Sebastián. ¿Va por ahí?

—Me has cogido bien. De verdad que tiene todos los atributos.

—A mí me pareció bastante engreído. En cualquier caso, ya sabes que la designación de candidato lleva un proceso a través de las juntas locales.

—Si la trainera triunfa, y tiene todas las cartas para que así sea, saldrá por aclamación.

—Algún defecto tendrá.

—Su fortuna, quizás excesiva. Pero la tiene bien distribuida.

—Ahora es un inconveniente importante. Tendría que hacer una declaración de bienes en toda regla.

—A la gente le gustan los triunfadores, sobre todo si invierten lo suyo en la ciudad.

—Tenemos que andar con cuidado. Quiero total transparencia. De todas formas, si la propuesta sigue adelante lo voy a sentir por nuestro actual candidato.

—Le encontraremos algo alternativo. Yo le veo muy bien como consejero de Industria, Comercio y Turismo.

El chófer se acercó y les dijo a través de la ventanilla abierta:

—Van a dar las diez. ¿Pongo la radio para los informativos?

Acababa de hablar Arantza con su hijo Ander. Le comentó éste su triunfo en el torneo de tenis de la universidad y que salía con una chica de Florencia, estudiante también en Exeter, pero nada sobre sus estudios. «Está en una edad difícil», pensó. Devolvió la bandeja a la cocina con el sándwich mordisqueado y el vaso de leche sin tocar.

Arantza se quita las lentillas y se pone las gafas de leer. Las fotos de familia ocupan ocho álbumes gruesos, numerados, que hacía mucho tiempo no ojeaba. En uno de ellos están seleccionados los acontecimientos o testimonios más importantes: fotos de estudio de los abuelos, Juan José con tres años en el parque y ella en la playa de Sitges con parecida edad, la primera comunión, excursiones por el monte, ellos de novios en Andorra, la boda, la luna de miel, los hijos en el día del bautizo, resumiendo, lo habitual. Le sorprende una foto que no recordaba. Ella mirando a la cámara y él que la contempla inquisidor, con una mueca de cinismo, un gesto raro. «Tú, querido —piensa—, manejas los sentimientos y yo te sirvo de accesorio.» Una película acuosa recubre los ojos de Arantza, pero no se altera. Sabe tragar la bilis, cuando hace falta. Respira profundamente el olor de las azucenas que se filtra por la ventana. Se levanta y procede a acomodar en el estante los álbumes de fotos.

Se asombra de la indiferencia con la que actúa. Vuelve a sentarse, con la mirada perdida en la espuma decreciente de su Heineken.

Anatoliy y Olga esperaron durante un cuarto de hora a que les recibiera el director de la sucursal. Éste salió disculpándose y les hizo pasar al despacho.

Unas veces en su idioma, que traducía Olga, y otras en su incipiente castellano, Anatoliy explicó los planes. Se trataba de montar un negocio en el Ensanche Oriental, concretamente un restaurante de gastronomía eslava, en el que de una forma u otra participarían algunos componentes del grupo ucraniano. Entregaron el proyecto de reforma del local y un estudio de viabilidad, junto a la solicitud del crédito necesario para afrontar los gastos. Quedaron citados para tres días más tarde.

Esta vez entraron directamente al despacho.

—¿Qué le ha parecido el proyecto, señor Ordóñez?

—En principio, interesante. La Caja está para apoyar a los empresarios con ideas. Pero he consultado con el departamento correspondiente y me temo que se dan algunas circunstancias que van a dificultar la concesión del crédito.

Les explicó que en una ciudad con tan rica y variada oferta gastronómica, no parecía atrayente un local más, con especialidades prácticamente desconocidas para el gran público. Otro punto negativo era la falta de experiencia profesional del grupo promotor, a lo que se unía su escaso tiempo disponible para el trabajo, en especial en el caso de los deportistas. Todos ellos tenían ocupaciones estables que no sería fácil abandonar ahora. Y, sobre todo, estaba el asunto de sus permisos de residencia. Los tenían temporales y vinculados a la actividad deportiva que estaban desarrollando. ¿Qué ocurriría con el negocio hostelero cuando tuvieran que regresar a su país?

—La mayoría piensa en quedarse. Cada uno en su especialidad o profesión están muy bien preparados. Pensamos que no será difícil obtener la residencia definitiva.

—Entiendan que lo que digo no es nada personal. Yo sólo transmito las opiniones del departamento de créditos. ¿Creen que es viable un local con gastronomía ucraniana?

—Si no lo creyéramos no estaríamos metidos en ello. Se calcula que en un radio de cien kilómetros hay cerca de diez mil nacionales de nuestro país. Luego están los propios clientes vascos. Ucrania es un país que está de moda, gracias a nosotros. Teníamos ya decidido incluso el nombre del local.

—Confianza en ustedes tenemos, pero ¿qué me dice de las garantías? Sus trabajos actuales dependen de una coyuntura muy concreta, temporal. Nadie sabe lo que puede ocurrir en el futuro. Se precisan garantías hipotecarias.

—No tenemos ninguna propiedad para hipotecar.

—¿No han pensado en un aval de don Juan José Erdocia?

Efectivamente, aquélla había sido la primera gestión, pero Juan José Erdocia, con buenas palabras, la había rechazado de plano. Su relación con el grupo era con un fin exclusivamente deportivo y a corto plazo. El aval que le pedían suponía establecer compromisos de futuro, variados y difíciles de resolver. Respondieron:

—La hostelería es un negocio que el señor Erdocia no ha tocado todavía.

—Busquen otro avalista de solvencia. Seguro que no les será difícil. En estos momentos hay mucho dinero en busca de inversiones.

—Parece claro que nos deniega el crédito.

—La Caja, no yo. Las entidades de ahorro están para defender el dinero de sus impositores y no podemos hacerles correr riesgos inútiles. Pero estoy seguro de que sabrán resolverlo. A mí, particularmente, un local de gastronomía ucraniana me atrae. Si llegan a montarlo, seguro que me ven por allí.

A esa hora de la mañana, en el salón del Real Club Náutico seguía faenando la chica de la limpieza con un ruidoso aspirador. No pudieron tomarse un café porque el bar estaba cerrado. Se sentaron en el ángulo de la terraza que daba hacia la playa, el lugar favorito de Erdocia para sus reuniones informales. Al aire libre, frente a aquel paisaje espléndido, se sentía más dispuesto y activo que en la frialdad del despacho.

Aitor Bastarrica extrajo de su cartera de piel negra unos documentos y los desplegó sobre la mesita. Sacó también el ordenador portátil.

—La verdad es que no hay mejor oficina que ésta.

Le entregó un escrito donde constaban los acontecimientos de próxima celebración, a los que Juan José Erdocia debería asistir: inauguración de los Cursos de Verano de la Universidad, conferencia del premio Nobel de economía, Gilbert Barnicoat, Quincena Musical, pleno de la Cámara de Comercio, Copa de Oro en el Hipódromo, entrevistas para la prensa y la televisión autonómica, y un largo etcétera que llenaba la página.

—Con todo esto no me va a quedar tiempo ni para mear.

—Quedamos en que necesitas proyectar tu imagen. En la lista he subrayado con negrita los actos insoslayables. A los restantes vas si no tienes otros compromisos. He preparado también el guión para la entrevista con ETB.

Abrió el ordenador portátil. El reportaje se iniciaría con una sinopsis sobre la familia de Juan José Erdocia y sobre su infancia, acompañada de vistas de Tolosa en los años sesenta, fotografías de su primera comunión, en el equipo de fútbol y en el servicio militar. Aparecía luego una relación de preguntas que le serían dirigidas, indicándose en cada bloque el lugar de filmación: el Triángulo, el parque de Cristina Enea, su oficina, el Club Náutico, el puerto con los remeros al fondo calentando músculo.

—Se trata de ofrecer la imagen de un hombre que se ha hecho a sí mismo, la de un triunfador nato. El reportaje lo realizará Paco Goya, uno de los nuestros, y será emitido la próxima semana, inmediatamente después de las noticias de la noche.

Ya abierto el bar, se acercó el camarero.

—Para mí, algo sin alcohol. Por favor, tráigame un mosto con mucho hielo —pidió Aitor.

—¿Un vermutito, señor Erdocia? —preguntó el camarero.

Negó vehemente, con la cabeza.

—Un café largo.

Continuó Aitor su informe.

—He analizado la marcha de las empresas. Situación inmejorable. Por cierto, ya has visto lo que ha ocurrido con el Polígono 24. Hiciste bien en dejarlo, como aconsejé. A estas alturas no te interesa afrontar ningún riesgo.

—Siempre he jugado sobre seguro. Si hubiera hecho caso de todos los negocios que me han propuesto…

—Cuéntame.

—Otro día. Me has dicho que a las once tienes cita con el consejero-delegado de Cuatrecasas.

—Queda todavía media hora y la oficina está a trescientos metros. Cuéntame.

—Bien. Hace diez años, un francés de Toulouse llamado Lacoste me habló de invertir en piedras preciosas. Había que transportarlas desde Sierra Leona, entonces en plena guerra civil, hasta Amsterdam. Según él, los beneficios serían del trescientos por ciento. Fue un relato apasionante sobre sobornos, sobre la guerrilla de un frente de liberación levantado contra el gobierno y la connivencia del gobierno francés con los dos bandos. Recuerdo también a un empresario gallego de tejidos que me insinuó para que entrara en el contrabando de tabaco y de algunos productos más rentables que no citó por su nombre. Tenía montada una trama extensa y precisaba de 150 millones de pesetas para la compra de mercancía. Por supuesto, no quise seguir escuchándole. En ocasiones, la onda te llega por medio de otros empresarios: vídeos ilegales de guarradas incluso con niños, metales radioactivos, tráfico de animales protegidos o trata de blancas. Un ex directivo del Trust armero eibarrés me contó exportaciones no autorizadas de munición y armas a la contrarrevolución de El Salvador y antes al ejército de Pinochet. Los vascos de la diáspora, como siempre muy bien situados, desempeñaban un papel fundamental en la trama. En nuestro tiempo, ¿sabes cuál es el negocio más floreciente? Te lo digo por si quieres participar —se lo soltó en broma.

—Dilo.

—La informática. Hay especialistas en informática que trabajan para Microsoft, IBM o Borland con sueldos bajos. Cuando crean un videojuego o un sistema de mucho valor contactan por medio de terceros con empresarios de Tailandia, la India o Malasia. El producto pirata sale a la venta al mismo tiempo que el legal pero a un precio mucho más bajo. A mí me lo propuso un comercial de Ikusi.

—Aunque sé que no hace falta, te lo digo. Ni se te ocurra meterte en esas historias.

—Lo mío es la construcción. Regla número uno, hay que trabajar en lo que se conoce. De finanzas no entiendo.

—Yo tampoco, pero me gustaría entender. Hay expertos en ingeniería financiera, que es la producción de dinero desde el mismo dinero y que tantos multimillonarios ha producido en las últimas décadas. Incluso cuando pierden, los ricos ganan.

Aitor Bastarrica miró el reloj, pero Erdocia tenía una última pregunta.

—Mañana me hacen una entrevista en el periódico, de tipo personal: mis aficiones, mi paisaje favorito, la música que más me gusta, la película que más me ha impactado, el libro de cabecera, el proceso de paz, ya sabes. Tengo preparadas las respuestas, con alguna duda. ¿Qué libro, película y música crees que debo decir?

—Que sean conocidos, si no suena a falso. Por ejemplo, Mahler siempre queda bien. De libros, *El extranjero,* de Camus, y en cine, *Taxi driver.* ¿Viste *Taxi driver?*

—En cine y en la televisión. Me gustó también *Los santos inocentes,* con Alfredo Landa.

—Di ésta porque tenía un contenido social. Y en cuanto a ciudades a las que querrías volver, cita Venecia. Es un tópico pero queda bien.

Aitor Bastarrica se levantó mientras recogía el portátil. Entregó la carpeta a Erdocia. Antes de salir miraron con envidia a los bañistas que nadaban junto al embarcadero.

El día anterior, Gorka había regresado de Nueva Zelanda. Telefoneó desde Heathrow para comunicarles que su novia iría a buscarle al aeropuerto de Bilbao. Pero a las siete de la tarde se presentó en el chalet solo, con la mochila colgada de un hombro y el maletón rojo. Había salido en el físico más bien a Arantza. Llevaba el pelo en coleta, recogido con una cinta negra. Se abrazaron con la intensidad correspondiente a la larga ausencia de seis meses. Relató brevemente sus sensaciones y mostró el certificado extendido por la Auckland University of Technology. Cenaron en animada charla. Sus padres admiraban el cambio espectacular que había experimentado Gorka, la barba cerrada y negra, el vello de los antebrazos musculosos. Seguramente había crecido en estatura, o al menos así les pareció. Mostró en el ordenador, en rápida secuencia, un centenar de fotos, muchas con el equipo de rugby en el que jugaba de alero. En la cena bebió media botella de vino y comparó su calidad con los caldos de Nueva Zelanda, más afrutados y suaves que el rioja. Se lo soltó a los postres.

—Mañana me voy de vacaciones, unos días.

Ni siquiera se quedaba para contarles con más detalle sus experiencias en aquel país de las antípodas. Se iba nada más llegar, y no por una obligación de trabajo sino de vacaciones, a descansar no se sabe bien de qué.

—Voy con Nerea. Su padre os conoce mucho. Recorreremos el Cantábrico hasta Vigo, quince días más o menos. Habíamos pensado viajar en la Kawasaki. Los dos tenemos carnet de moto.

Encima le pedía la moto, casi nueva, cinco mil kilómetros máximo y recién revisada, que le venía muy bien a Juan José Erdocia, porque el coche, en verano, mejor olvidarlo. Recordaban a Nerea, la anunciada compañera de viaje, algo mayor que Gorka, rubia, quinto de Medicina. Una tarde, de vuelta inesperada al chalet, Arantza les había descubierto revolcándose en la cama del matrimonio.

—¿No os valdría el Renault? —preguntó Juan José.

Gorka miró a su padre como a un sujeto incapaz de entender lo más evidente.

—Se trata del viaje de nuestra vida, un anticipo del viaje de novios. Ella es muy motera. Mañana os la subo para que charléis un rato.

Juan José Erdocia reflexionó sobre la evolución social, una o dos generaciones atrás. Su padre había sido viajante en los tiempos de los trenes de vapor y recorrió España de cabo a rabo vendiendo herramientas de Orbegozo. Al hijo, alguien tendría que hablarle claro a su regreso.

Terminada la cena, se metieron en el garaje. Allí estaba la Kawasaki, junto a la pared del fondo. Controlaron la tensión de la cadena y el nivel de aceite y la pusieron en marcha, con acelerones intermitentes que atronaban el recinto. Pasó las llaves a su hijo.

—Cuídala, y cuidaos vosotros también, ya sabes cómo van las carreteras en verano —le metió unos billetes en el bolsillo.

Pasaron de nuevo al salón, donde esperaba Arantza con la cafetera y un cigarrillo en la mano.

—¿Otra vez fumas? —reprobó Gorka.

No le contestó, pero lo apagó de inmediato contra el plato de postre.

Juan José Erdocia se dirigió a su hijo.

—No me has preguntado por los negocios.

—Para qué te voy a preguntar, si luego me lo echas en cara.

—Pues te lo digo yo. Van mejor que nunca. A ver cuándo empiezas a colaborar en alguno.

A la mañana siguiente, mientras tomaban un rápido desayuno en la cocina, aparecieron Gorka y su novia. Hubo un intercambio de besos y saludos. Preguntaron a Nerea por sus prácticas en el hospital, por la familia. Gorka describió con todo detalle, día a día, la excursión que iniciaban. Quedaron en almorzar juntos, a la vuelta.

Se subieron a la moto dentro del jardín y Juan José Erdocia abrió la cancela para facilitarles la salida. Ya en la carretera y en pleno acelerón de calentamiento, Gorka les dijo algo que no llegaron a entender. Arantza se les acercó para el último beso de despedida.

El despacho del director Jesús Arruti estaba situado en el quinto piso de la sede central de Kutxa y se accedía a él por un ascensor privado, con entrada desde el garaje. La Caja de Gipuzkoa, por lo general muy sobria en la decoración de sus dependencias, se había volcado en aquel despacho: mesa amplia de reuniones en roble tallado con sillas a juego, espesa alfombra nómada, lámpara tipo Imperio, dos porcelanas de Sèvres y colgando de las paredes lo más valioso de una pinacoteca formada a lo largo de casi un siglo: Valentín de Zubiaurre, Darío de Regoyos, Ricardo Baroja, Arteta, Iturrino, y un magnífico Ruiz Balerdi de casi dos metros de ancho. Al fondo, junto a la vidriera que daba a la calle, se situaba la mesa del director que, al igual que los sillones y un sofá, iba tapizada en cuero verde. Jesús Arruti le saludó afectuoso a la puerta del despacho.

—Vaya la que has armado con tu trainera —le dijo—. Cuéntame algo que no hayas contado todavía.

Arruti y Erdocia se conocían de la universidad. De forma regular solían verse en la comida anual de su promoción, en algún acto social o con ocasión de formalizar un crédito de elevado importe. Juanjo Erdocia se extendió en detalles, sabedor de la gran afición del director general de Kutxa por todo lo que se relacionaba con el remo. Quince días antes le había entregado personalmente la petición, consistente en el patrocinio en exclusiva de la trainera a cambio de 350.000 euros, y la aportación de capital al proyecto deportivo e inmobiliario en la ría.

Jesús Arruti explicó que la petición, tras los preceptivos informes, había sido estudiada en Consejo. Kutxa estaba involucrada desde hacía muchos años en las regatas donostiarras de La Concha aportando cantidades importantes al ayuntamiento. La regata era querida y respetada por todos los aficionados, pero cada uno era, lógicamente, forofo de la tripulación de su pueblo.

—No podemos tomar partido por una, aunque ésta sea la de la capital. Nuestros clientes están repartidos por todo el territorio y en Orio, Hondarribia o Zumaia verían con muy malos ojos el patrocinio de la trainera donostiarra.

La decisión del consejo fue unánime y espero la entiendas.

—Quiero entenderla. Buscaremos patrocinador por otro lado. Pero, ¿qué pasa con el proyecto Ibai Alde, donde irán las instalaciones del club?

—Es un tema complejo. Se trata de crear un parque náutico, de carácter público, financiado a través de una recalificación de terrenos. Kutxa tiene que andar con pies de plomo en temas tan sensibles. Antes de tramitar el expediente precisamos contar con todos los permisos necesarios. Hablaríamos luego de la subvención a fondo perdido y del crédito, pero debo adelantarte que estará dentro de los parámetros habituales en operaciones de estas características. Entiende que no puede haber excepciones.

—Respeto vuestra postura pero no la comparto en absoluto. Me dejas solo en un proyecto que ha entusiasmado a la opinión pública. No olvides que vosotros manejáis el dinero de todos.

—Por eso estamos obligados a no correr riesgos. Nuestra expansión es el resultado de una mezcla de prudencia y valor, basada siempre en una información contrastada —Jesús Arruti se levantó del sillón—. Perdona, Juanjo, pero tengo una reunión ahora.

Junto a la puerta del ascensor, Arruti le deseó los mayores éxitos para el club. Se despidieron con un apretón de manos, que Erdocia ejecutó con frialdad calculada.

Juan José Erdocia zapeaba con el mando buscando un programa que llenara el hueco hasta la hora de los informativos. Al pasar por la cadena en euskera, vio en pantalla una plaza con árboles y en ella a un grupo de gente charlando. La escena reunía todos los tópicos de aquellas series: dos hombres con boina, el ertzaina y una chica muy atractiva de blusa ceñida. Como fondo, la fachada del ayuntamiento. Sólo desentonaba en aquel paisaje idílico la figura de un hombre extremadamente atractivo, alto y rubio, que contemplaba al grupo en silencio. Cuando la cámara llevó a primer plano su rostro, Juan José Erdocia le reconoció de inmediato. Era Yuriy, uno de los remeros de su equipo.

Vagamente recordaba que en las fichas aparecía con el oficio de actor. Cogió una carpeta del estante y comprobó que Yuriy Vasylyk, además de estar licenciado en literaturas eslavas había seguido cursos de arte y declamación en la escuela del Teatro Nacional de Kiev. Al buscarles un empleo, su caso resultó el más difícil, dadas las diferencias idiomáticas. Pero allí estaba Yuriy en pantalla, con toda naturalidad, entre gentes que se expresaban en euskera.

La primera reacción de Erdocia fue reconvenir a Andoni, por no haberle tenido informado. Luego razonó. Posiblemente le estaba exigiendo demasiado, sobre todo desde la llegada del grupo de ucranianos. El bueno de Andoni se ocupaba de ellos sin dejar sus otras responsabilidades. Demasiado para él.

La serie en pantalla se titulaba «Iraganetik itzuli» y aquél era el segundo capítulo. En la revista semanal de televisión leyó un resumen del argumento. Yuriy Vasylyk —le llamaban por su nombre real— era descendiente de unos campesinos ucranianos que en mayo de 1937 acogieron a Josemari Etxarri, siendo éste un niño, huido de Basauri con diez años de edad, a la entrada de las tropas franquistas. Sus hijos y nietos, tras múltiples indagaciones, se habían puesto en contacto con la familia de acogida, que seguía viviendo en Pervomajsk. En agradecimiento por su generosidad, invitan a algún miembro de ella a visitar Euskadi. Así llega Yuriy, un hombre en apariencia normal, pero que esconde un pasado tormentoso vinculado a la trata de blancas y a las mafias albano kosovares. Alojado en la casa solariega de los Etxarri, inicia una relación sentimental con Lorea, novia de Aimar, que se convierte en seductora en lugar de seducida.

Juan José Erdocia siguió con atención el desarrollo del drama. A continuación, durante el noticiero, con el sonido del televisor bajo, imaginó que el guión había sido realizado en función del protagonista Yuriy, de su exótica procedencia y de su proyección pública. En el capítulo que acababa de ver, Yuriy se expresaba en un euskera lineal, de frases muy cortas, seguramente dictadas a través de una pizarra o de un auricular, o quizá memorizadas. Aunque, dada la asombrosa facilidad de los eslavos para los idiomas, no sería extraño que hubiera iniciado algún curso de aprendizaje rápido. Conocer euskera le vendría muy bien si tomaba la decisión de quedarse. Con su planta y buenas artes interpretativas sería un chollo para la televisión vasca.

Erdocia cogió su agenda y apuntó el horario de la serie para verla algún día que le permitieran sus compromisos. Apuntó también realizar una llamada al productor Joseba Unsain, para que le diera detalles del caso Yuriy. Tenía curiosidad por conocerlos.

La presentación en público de los remeros había despertado un interés extraordinario. La cita era en el Hotel de Londres, a las siete y media de la tarde. Diez minutos antes de iniciarse el acto, el gran salón comedor se encontraba abarrotado. Allí estaban todas las televisiones, tanto las locales y autonómicas como las de cobertura estatal. En las sillas, el resto de medios, algunos venidos desde Cantabria y Galicia. No menos de una docena de micrófonos ocupaban el centro de la mesa presidencial.

Aunque la invitación era a los medios informativos, en la sala se hallaban también dirigentes del mundo del remo, tanto de la Federación como de diversos clubes, alguna cara conocida de la política y aficionados varios. De fila a fila se entrecruzaban diálogos, pues aquél era un mundo donde todos se conocían.

A la hora en punto hicieron su entrada en la sala quienes iban a ocupar la mesa presidencial: la intérprete Olga, Andrei Lisinchuk, Mijaylo y el entrenador Salaberria, que fueron recibidos con una ovación. Los aplausos se redoblaron al hacer su aparición Juanjo Erdocia.

Fue él quien inició el acto, señalando que habían querido despojarlo de cualquier significación política. Por esta razón, ni el alcalde ni ningún concejal o diputado se sentaba a la mesa, aunque se alegraba mucho de ver alguno entre el público, prueba del interés de las instituciones por sacar adelante el proyecto. «Más que un proyecto, una realidad ya», añadió. Recordó la multitudinaria presentación celebrada tres semanas antes en el Kursaal. «Ahora —siguió hablando— la trainera está en marcha. Sus bancos los ocupan algunos de los mejores remeros del mundo. Y en la mesa, junto a mí, se sientan ahora quienes van a colaborar en esta aventura fantástica.»

Los fue presentando. Olga, de pie detrás de Erdocia, había ido traduciendo sus palabras a los ucranianos. Continuó la disertación.

—Nuestro plan ha recibido la máxima atención de los medios y son incontables las entrevistas que me habéis hecho en prensa, televisión y radio. Pocas cosas nuevas podría añadir. Son mis compañeros de mesa los que intervendrán contestando a vuestras preguntas. Si os parece, abrimos el turno. Identificarse, por favor.

—Ainhoa Azpillaga, de *El Diario*. Una pregunta para Salaberria. A usted, como entrenador, ¿qué opinión le merecen Myjailo, Yuriy, Alexei y los otros compañeros cuyos nombres me es difícil recordar?

—Deportivamente son muy buenos, tanto en potencia como en aguante y técnica. Como sabéis, estuve mes y medio preparándoles en las cercanías de Odessa, a orillas del Mar Negro. Se han acoplado perfectamente tanto a la trainera como a sus compañeros de aquí.

—Julen, de Radio Popular. ¿También a la mar fuerte? Otra pregunta. ¿Remarán todos los ucranianos?

—Recordad el temporal del lunes. Salimos a entrenar por la zona de la barra y ya visteis cómo cogían las olas. Y a la segunda pregunta le respondo que sí, remarán todos. Físicamente marcan la diferencia.

Preguntaba ahora una joven con gafas y voz de fumadora y lo hizo en euskera. Se identificó como redactora del diario *Berria*. Vestía unos vaqueros raídos, un toque de atención para mostrar que el acto carecía de trascendencia.

—Lo que se ha hecho con la trainera donostiarra es un ejemplo para el fútbol vasco. Se trata de formar equipos de alta competición con los cuatro o cinco mejores remeros del país y completarlos con deportistas extranjeros de extraordinaria calidad.

Erdocia tradujo al castellano. Luego añadió:

—Aquí voy a dar mi opinión, y lo hago en castellano a efectos prácticos. Efectivamente, amiga Aizpea, ésa es la política que Juan José Erdocia —lo dijo en tercera persona para darle mayor solemnidad— aplicaría en todos los deportes de alta competición y de forma muy especial en el fútbol. Ten por seguro que la Real Sociedad no estaría en Segunda, conmigo en la presidencia. De todos modos, y en honor a la verdad, debo reconocer que las cifras que se manejan en el fútbol nada tienen que ver con las del remo. Por poner un ejemplo, Nyasango cobra quinientas veces más que el mejor remero nuestro.

—Pérez Arana, de Marca. Hablando de fútbol, ¿es cierto que antes de meterse en esta aventura intentó hacerse con la presidencia de la Real?

Juan José Erdocia le miró con reprobación.

—Lo niego rotundamente. En cualquier caso, aquí hemos venido a hablar de la trainera representativa de la ciudad, por lo que ruego os ciñáis a este tema.

—Ésta va dirigida a Myjaylo, pero puede contestar cualquiera de sus compatriotas. ¿Qué les han parecido San Sebastián, nuestros modos de vida, el paisaje y la gastronomía, seguramente tan distintos a los de ustedes?

Tras la traducción de Olga, contestó Myjaylo en ucraniano:

—La ciudad está bien pero nos cuesta dormir por el ruido. El ayuntamiento debería controlar más a las motos y a los bares. La comida es buena, aunque no tenemos costumbre de pescado.

Olga tradujo:

—Dice que les encanta San Sebastián, una ciudad llena de animación y bullicio. En cuanto a la comida, dice que es excelente y que se están acostumbrando bien al pescado.

José Mari Irizar a Olga:

—Pregúntele por sus compañeros vascos de la trainera. ¿Dan la talla? —se dio cuenta de que Olga podía malinterpretar esta última palabra—. Quiero decir si su nivel deportivo es similar al de ellos.

Respuesta de Andrei:

—Personalmente nos llevamos bien. En lo deportivo ellos están habituados a remar en el mar pero nosotros desarrollamos mucha más potencia. Cuando nos acostumbremos a las olas, no habrá color.

Traducción de Olga:

—La relación personal entre los dos grupos es magnífica. Nuestros estilos son diferentes pero vamos aprendiendo unos de otros. Esperamos superarles en la próxima temporada.

Hubo un corto silencio que presuponía el final del coloquio. Tomó la palabra Juan José Erdocia y agradeció de nuevo la asistencia al acto. Terminó diciendo:

—Ahora, el objetivo de Juan José Erdocia es crear las infraestructuras necesarias para que el club se consolide y tenga garantías de futuro. Mi preocupación actual son las instalaciones y también el campo de entrenamiento. El dragado del río es un objetivo inaplazable. Cada vez estoy más convencido de que las cosas salen cuando hay empeño en ello. Con todas las diferencias, mi proyecto es un ejemplo de cómo solucionar otros problemas ciudadanos: viviendas asequibles, el transporte entre barrios o la cohesión social. Todo es cuestión de proponérselo y trabajar con fe.

Lo repitió en euskera y dio por terminado el acto con un último agradecimiento. Al retirarse, se sintió estimado por la gente. Todo maduraba a su favor.

Cumplidas las entrevistas de radio y televisión, la sala quedó vacía media hora después. Erdocia salió al vestíbulo del hotel, con paso firme y porte erguido. Su euforia trascendía al exterior del cuerpo. Con una seña indicó al grupo de afectos que le siguieran. Tenían reservada una reducida sala en el primer piso. Se sentaron a la mesa de reuniones y habló Juan José Erdocia:

—Habéis visto la expectación que levanta la trainera campeona. Deportiva y socialmente está claro que vamos por el buen camino. Se trata ahora de consolidar el proyecto desde el punto de vista económico.

Erdocia se levantó y fue repartiendo una hoja.

—Lo he puesto por escrito para que quede constancia y ahora os lo explico de palabra. Hemos llegado a un punto en que es difícil avanzar sin convertir al club en Sociedad Anónima Deportiva. Sólo así tendremos capacidad para dar el gran salto. Sacamos 50.000 acciones a 60 euros cada una. Parte irán a mi nombre y al de Andoni y parte a Construcciones Urdiain. Del resto, que cada uno suscriba según sus apetencias. Lo que queráis, como sugerencia 3.000 acciones cada uno. Dejamos otro resto importante para sacarlo a la calle, acciones públicas. Nos servirán para iniciar otra campaña. Como garantía, ofrecemos las instalaciones deportivas y la concesión del espacio junto al río. ¿Alguna pregunta?

Juanjo Erdocia leía el periódico en el jardín del chalet. Arantza le había propuesto bajar a la playa durante unas horas y comer ligero en la cafetería, pero a él le ahogaba la multitud que presumiblemente abarrotaría Ondarreta. A diferencia de los días de labor en los que limitaba la lectura del periódico a poco más que los titulares y las páginas de deporte, el domingo se hacía subir también *El País* y, pertrechado con aquel abundante material, pasaba unas horas de relajamiento.

Abrió el periódico por la página de remo. Por la televisión había visto las regatas del sábado en Santoña, aunque se perdió la última tanda a causa de la llamada de Joan Tresserras, que le tuvo un largo rato al teléfono. Por el periódico se enteró de los resultados de la jornada y de la clasificación general, que seguía sin sorpresas, con Orio, Astillero, Hondarribia, Kaiku y Castro, por este orden.

Fantaseó con que el próximo año la *Donostiarra* sería clara vencedora en todas y cada una de las pruebas. Esta temporada, la liga había comenzado a mediados de julio, coincidiendo con la llegada de Ucrania de los remeros. Reservaba la presentación a La Concha, en los dos primeros domingos de septiembre, y ahí darían la campanada.

En el estanque, el agua fluía de la boca de un pez de bronce. El sistema funcionaba ahora en circuito cerrado por presiones de Ander, que militaba de ecologista.

Juan José Erdocia miró hacia el haya frondosa que crecía al extremo del jardín. En sus ramas jugueteaban las tres ardillas que un día del otoño pasado trajo su hijo mayor. Trepaban por una rama vertiginosamente, una detrás de otra, y luego se detenían simulando reñir entre ellas. Aferradas a la corteza, se balancearon un rato, para luego descolgarse por el tronco y seguir sus juegos en el jardín. Juan José Erdocia les arrojó unas nueces, que las ardillas atraparon con sus pequeñas manos. Al cabo de un rato, volvieron a trepar por el haya. Erdocia las miraba recordando su pasado y ensoñando el futuro. De joven él no se había involucrado en política y no creía que fuera un mérito el hacerlo. A ciertas edades —pensó—, correr delante de los grises pudo ser más divertido que subirse en la montaña rusa. Lo importante era generar riqueza. Además él, en ocasiones, confraternizaba con sus operarios. Los dos últimos que se casaron le habían invitado a la cena de despedida. Lo que contaba eran los hechos, no los discursos vacíos.

Erdocia reanudó la lectura de la crónica política. Sólo el zumbido distante de un cortacésped alteraba la paz del lugar.

Un mensajero depositó en las oficinas de Construcciones Urdiain el sobre con el programa y las invitaciones para el ciclo de música clásica de verano. Eran para todos los conciertos importantes del Auditorio y Teatro, y en un lugar preferente. Fue entonces cuando Juan José Erdocia comprendió que, por fin, había accedido al rango de hombre público destacado.

Cada año ocurría lo mismo. Al día siguiente de conocerse la programación, y aun antes de abrir taquillas, aparecía el temido mensaje de «entradas agotadas» en alguno de los espectáculos más atractivos. El Auditorio tenía cerca de dos mil localidades y los precios eran elevados y, en algún caso, prohibitivos. ¿Cómo era posible que se hubieran agotado? El público intuía la misteriosa red de influencias que provocaba aquella situación pero no podía hacer nada por resolverla, salvo ocupar plaza en la cola en la madrugada del primer día. En años anteriores, Juanjo Erdocia, por medio de Andoni o de alguna secretaria, había recurrido a este sistema y no siempre con éxito.

Pero esta vez, sobre la mesa del despacho, estaba el fajo de boletos para la Quincena Musical. Antes de que se pusieran a la venta ya tenía dos entradas para cada concierto. Pensó que las invitaciones se enviaban siempre a personas que no hubieran tenido ningún problema en abonar su importe. Tras ojear el programa decidió que iría a la gala inaugural y a los tres o cuatro espectáculos de mayor gancho, entre ellos a *La Bohème,* porque a él, lo que de verdad le gustaba, era la ópera italiana. Y también a un ballet escenificado por Maurice Béjart, que le había encantado cuando lo vio de joven en el mismo teatro al que ahora volvía. El resto del taquillaje lo distribuiría entre su círculo de amigos. Sobre el papel escribió algunos nombres: Julián Beraza a *Otello,* con la orquesta y coros del Gran Teatro del Liceo, Rober Aldaia a *Los cuentos de Hoffmann,* Aitor Bastarrica a la Venise Baroque Orquestra, Pedraza, el alcalde de Vinuesa, a *Coppelia* por el ballet de la Scala de Milán y a Andrei Lisinchuk, lógicamente, a la Orquesta Sinfónica de Kiev. Andoni no era un hombre ilustrado, pero Erdocia recordó que de joven formó parte de una coral de Tolosa. Escribió su nombre en un sobre y metió los tickets para la actuación del Orfeón Donostiarra.

Dos días más tarde le llegó la carta de Chopera con las invitaciones para la corrida del 15 de agosto. Eran dos barreras del tendido 5. En la carta le decía que si deseaba asistir a algún otro festejo se pusiera en contacto con la oficina de la empresa, para la adquisición de las entradas. Erdocia lo entendió, porque su relación con los Chopera había sido ocasional y además se trataba de una empresa privada.

La secretaria anunció a Juan José Erdocia que varios trabajadores de la empresa —tres hombres y una mujer— querían hablar con él. Les había dicho que no era posible en aquel momento, pero insistieron. No se moverían de la puerta hasta conseguirlo.

El conflicto laboral en Prefabricados y Ácidos se venía arrastrando desde hacía medio año. Sobrecargada la empresa de personal, los dos últimos años se liquidaron con números rojos. La gerencia y los asesores jurídicos habían mantenido conversaciones con los trabajadores para un recorte de plantilla, sin llegar a un acuerdo. Y ahora —pensaba Erdocia— una delegación se presentaba allí, saltándose todos los cauces jerárquicos, para intentar presionarle. Por el teléfono se lo comunicó a la secretaria.

—Insiste en que estoy muy ocupado y no puedo recibirles. Que hablen con el gerente.

Erdocia siguió trabajando en el ordenador. Al cabo de unos diez minutos tocaron a la puerta.

—Adelante —dijo mecánicamente.

Era la delegación, flanqueada por una nerviosa Ana que intentaba sin éxito impedir su entrada. Ante lo inevitable, Juan José Erdocia les invitó a tomar asiento.

Enrique del Campo pasaba de los cincuenta, era de complexión recia, tenía el rostro sin afeitar y voz profunda. Trabajaba con la hormigonera grande. En más de una ocasión, Erdocia le había puesto como ejemplo a chóferes jóvenes. Fue él quien habló:

—Gracias por recibirnos. Hemos preferido hablar con usted porque desde gerencia y asesoría jurídica nos están tomando el pelo.

—No es ésa mi impresión. Tengo entendido que se están siguiendo rigurosamente todos los pasos: jubilaciones anticipadas, contratos de relevo y demás fórmulas que marca la ley.

—A los trabajadores, lo único que nos importa es cuánto dejaremos de ganar si aceptamos esa oferta. Creemos que es mucho.

—Prefabricados es una empresa deficitaria. Los accionistas no admiten que esta situación continúe y exigen medidas urgentes. Parece lógico que las pérdidas sean compartidas por el capital y por los trabajadores.

—Otras empresas de su grupo han generado ganancias considerables. El año pasado usted declaró beneficios de un millón y medio de euros.

—Pienso que usted no llega a entender el funcionamiento de nuestra economía. Se trata de empresas diferentes. No pueden existir transferencias de una a otra porque los socios son distintos.

—A Prefabricados y Áridos lo han ido descapitalizando intencionadamente. Está claro que sin inversiones una empresa deja de ser competitiva. Están, además, las irregularidades de gestión: ayudas públicas con datos falseados, declaraciones incorrectas del IVA, entre otras muchas.

—No estoy dispuesto a seguir discutiendo cuando se falta a la verdad de forma tan escandalosa. Les ruego abandonen el despacho inmediatamente.

—Todo lo que he dicho está bien documentado. Hay otras cosas más evidentes aún. El levante del taller se hizo sin permisos. La licencia era sólo para ampliar el acceso a la nave principal.

—Exactamente, ¿qué es lo que pretenden ustedes?

Enrique del Campo le entregó un papel.

—Está ahí escrito. Las cantidades que se nos adeudan y la fórmula para la reconversión de la empresa. Como verá, nosotros también hemos cedido. Por cierto, nos gustaría que el dinero se abonara ahora.

—No estoy dispuesto a admitir este chantaje.

—La asamblea, por unanimidad, nos comisionó para resolver el asunto. No podemos irnos, y me temo que usted tampoco. En manera alguna queremos ejercer violencia y esperamos que se imponga la cordura. A nadie interesa que nuestras diferencias salgan a la luz pública.

Juan José Erdocia examinó el documento, con atención estudiada. Creía que la cifra sería mayor, pero fingió asombrarse.

—¿Tanto? Haré que lo examinen en contabilidad. Si es correcta, les prometo que mañana será ingresada en sus respectivas cuentas.

—Prometimos a la asamblea volver con un cheque. No obstante, le otorgamos un margen de confianza. Mañana, sin falta.

Salieron sin saludar, Enrique del Campo el último.

Juan José Erdocia procuraba no relacionarse personalmente con los ucranianos. Estaba seguro de que aprovecharían cualquier contacto para pedirle una mejora en sus condiciones de vida o para quejarse, por ejemplo, de los ritmos de entreno. Las reivindicaciones deberían canalizarse por medio de Salaberria o de Andoni. Conservaba copia de los informes elaborados sobre los atletas y acompañantes y de vez en cuando los ojeaba, atraído por el exotismo de sus rostros y por la alta calificación de estudios y conocimientos.

Aquel domingo, tras la lectura de la prensa, volvió a examinar los expedientes. Luego los depositó sobre la mesa del jardín. Comenzaba sus ejercicios con aparatos, en el trastero superior. Le decidió a ello el infarto de Marcos, a sus cincuenta y cuatro años, tan joven aún, negado para el mínimo ejercicio físico. «Si no tienes tiempo para ir al gimnasio, llévate el gimnasio a casa», le había recomendado un amigo. Miró las dos grandes cajas de cartón que contenían la bicicleta y el ergómetro y sintió que no se las hubieran montado, porque él no tenía aptitud alguna para el bricolaje. Desembaló los aparatos, comprobando, aliviado, la facilidad con que se desplegaban. No hacía falta más que girar dos palomillas y ya estaban dispuestos. Introdujo en el reproductor una música de ritmo para distraerse. Luego ajustó el sillín a la altura adecuada y se puso a pedalear a treinta kilómetros por hora, gozando con el sonido de la cadena al rozar los piñones. La pantalla marcaba su marcha en el pelotón de cabeza, sólo superado por el maillot amarillo que iba escapado una docena de metros. Pedaleó con furia durante diez minutos, ya empapado por un sudor abundante que le corría por los brazos y encharcaba el suelo. El público aplaudía en la subida al Tourmalet, apiñado a ambos lados de la carretera. El estrecho pasillo que formaban sólo permitía una larga fila de corredores en la que él ocupaba ahora la tercera posición. El cuentakilómetros marcaba 15.2 y se sentía exhausto. Se bajó de la bicicleta enjugándose el sudor. Hizo algunos estiramientos. Miró al ergómetro situado bajo la cabeza disecada del jabalí, pero no se sintió con fuerzas para empezar. Mañana —había decidido practicar todos los días— empezaría la sesión con el remo estático.

La tormenta, que se estaba anunciando media hora antes con un rumor creciente, empezó a descargar con fuerza.

Derrumbada en el sofá, con un cubalibre en la mano, Arantza buscó con el mando un programa de televisión mientras hacía tiempo para la cena. Se había puesto cómoda, simplemente una bata floreada sobre la ropa interior y las zapatillas de medio tacón. Escogió el informativo de la televisión francesa y dio un sorbo al cubalibre.

En aquel momento sonó el timbre de la puerta. Arantza no esperaba a nadie. ¿Quién podía ser a aquellas horas? Se levantó con pereza y fue hasta la cocina para averiguarlo. A través de la pantalla, junto a la puerta exterior del chalet, le pareció distinguir la cara de Andrei Lisinchuk. Preguntó:

—¿Quién es?

—Soy Andrei —su voz sonó rotunda en la cocina vacía—. El señor Erdocia me dijo que podía venir hoy hacia las ocho.

Juanjo Erdocia había salido por la mañana temprano para Tarragona y no le había dicho nada de la visita. Se trataba lógicamente de un olvido.

—Mi marido está de viaje. No vuelve hasta mañana por la noche —le pareció obligada la invitación—. *Voulez vous prendre un apéritif?*

En los dos actos sociales en los que habían coincidido se comunicaron en francés. Ella lo había aprendido en el Liceo de Hendaya. Andrei, como la mayoría de los eslavos, estaba dotado de una especial facilidad para los idiomas. El francés era uno de los cuatro que dominaba.

Tras pulsar el botón, Arantza entró en su cuarto para ponerse algo más formal. Eligió rápidamente una falda en tono verde oscuro y una camisa de tirantes recién comprada. Luego bajó a la planta inferior para abrir la puerta.

Se dieron un apretón de manos. Arantza le rogó que se sentara. Le preguntó en francés:

—¿Qué le apetece beber?

Andrei pidió una cerveza. Tras el cubata, a ella le apetecía algo sin alcohol. Salió a recoger las bebidas y antes pasó por el despacho de su marido. Activó el dietario electrónico y allí aparecía el recordatorio, brevísimo: «Andrei, hacia 8 pm». Evidentemente, Juanjo se había olvidado.

Se lo explicó cuando volvió a entrar en la sala. El ucraniano veía tranquilamente el informativo de la francesa. Quería enterarse del parte meteorológico, sobre todo en lo referente al estado del mar, de cara al entrenamiento del día siguiente. Arantza se acomodó en una esquina del sofá.

«Caben dos opciones —se dijo Arantza—. O llamo a Juanjo y le explico la situación o le escucho e intento resolverlo por mí misma.» Optó por esta última.

El informativo había terminado. Apagó el receptor y animó a Andrei para que hablara, que luego ella se lo contaría al señor Erdocia.

Arantza había dispuesto sobre la mesa de metacrilato las dos botellas y unas bolsas de frutos secos. Se sirvieron.

Andrei explicó que no estaba satisfecho de su trabajo como monitor físico en el gimnasio de San Martín. Las quejas eran varias y las expuso de corrido. La mayoría de los clientes —clientas casi siempre— lo único que pretendían era una simple puesta a punto de cara al verano. Le daban más importancia al bronceado que a la flexibilidad o a la musculación. Para un licenciado en ciencias de la preparación física por la Universidad de Kiev, medalla de oro olímpica, aquel empleo minusvaloraba su capacidad. Además, los aparatos del gimnasio no habían sido renovados desde su apertura y muchos de ellos se encontraban en condiciones deficientes. El horario de trabajo no siempre se adaptaba al de entrenamiento en la trainera y a las seis en punto, momento en el que comenzaba la mayor afluencia de clientes, tenía que salir disparado ante el disgusto del gerente Miguel Ángel. Era éste —contó Andrei— un hombre con escasa capacidad para las relaciones humanas, y amargado por su reciente divorcio.

Arantza le escuchaba absorta, admirando la perfección académica de su francés y sus encantos físicos: el rubio dorado de su pelo, el perfil del rostro con el ligero respingo en la nariz tan común entre los eslavos, y, sobre todo, su cuerpo, que llevaba enfundado en una camiseta de la Olimpiada de Pekín y permitía apreciar los músculos tensos de brazos y torso, todo ello magníficamente proporcionado en 1,89 metros de altura y 85 kilos de peso.

Andrei sugería ahora que se estudiara su incorporación al patronato municipal de deportes, en algún cometido de mayor responsabilidad y con un horario más flexible. Sabía bien las múltiples relaciones que tenía Erdocia, más aún desde la creación de una trainera de élite en la ciudad. Sacó del bolsillo un organigrama del patronato, lo depositó en la mesa y comenzó a trazar flechas sobre el papel. Arantza se acercó para verlo y al inclinarse no pudo evitar que su mano se apoyara en el hombro del ucraniano.

Continuó éste hablando. Al cabo de un minuto, Arantza sintió que la mano de Andrei acariciaba su muslo derecho. Continuó en la misma postura, de pie junto a él. La mano de Andrei continuaba deslizándose, cada vez más arriba. Ella jugueteó con su pelo rubio mientras pensaba que se estaba jugando demasiado en un lance sin futuro alguno. La curiosidad y, ahora sí, una pasión desatada, la empujaron a seguir.

Pero antes señaló que necesitaba ir al baño, un minuto. Del tubo dentífrico extrajo un centímetro de pasta que se metió en la boca. Juanjo le recordaba ocasionalmente su halitosis, aunque ella no lo notaba. Volvió al salón, tranquilizada.

—*Presse moi bien fort* —dijo Arantza en voz muy baja, como si hubiera otras personas cerca.

Se quitaron la ropa precipitadamente, entre abrazos. Andrei era un amante experimentado y la hizo gozar con sensaciones olvidadas hacía tiempo. Arantza indagó lo que más le gustaba a su pareja, pendiente de su gozo más que del propio. Ensayaron distintas posturas, y al final Andrei se aupó encima, bien acoplado. El teléfono sonó lejano, durante un rato largo. Ella se acomodó fácilmente al ritmo frenético de sus caderas. Al rato, de común acuerdo, dieron el golpe definitivo.

Antes de despedirse, Arantza le prometió que tanto ella como su marido harían lo posible para mejorar su situación laboral.

Le acompañó hasta la puerta. Apagó las luces del jardín para que saliera en la oscuridad. Se despidieron con un beso en la mejilla, sin ninguna palabra.

Arantza entró al salón y se tumbó en el sofá con la mirada perdida en el techo. Cogió luego el teléfono para llamar a Isabel, su mejor amiga, pero pensó que era preferible esperar a que se le pasara el sofoco. Intentó distraerse con la televisión, pero no era capaz de seguir la trama de una película que ya había visto.

Sonó el móvil. Se levantó precipitadamente a cogerlo y derribó un jarro de porcelana. Era Juanjo Erdocia.

—¿Qué tal habéis pasado el día?

—Estaba a punto de llamarte. Ha llovido a media tarde. Por cierto, ha venido a casa Andrei, el portavoz de los ucranianos.

—Me olvidé de cancelar la cita. ¿Qué te ha dicho?

—Lo estoy resumiendo en un papel y te lo dejo en el despacho. En esencia, que no está contento con su trabajo actual. Se fue enseguida. ¿Qué tal tiempo hace por ahí?

—Calor. Hemos pasado toda la mañana en la obra. La construcción está muy avanzada.

—¿Viste a Elvira? Hablé con ella la semana pasada. Me dijo que se van de viaje a la Isla de Pascua. ¿Cuándo regresas tú?

En el camino de vuelta, Juan José Erdocia pensó que sus dos últimos viajes a L'Ametlla no tenían más sentido que el de dar satisfacción a Joan Tresserras. Las obras en Cala Ampolla seguían su curso a un ritmo superior al previsto y Joan, que se vanagloriaba de la eficacia de su oficina técnica, quería mostrarla a su socio. Pero aquellos dos días fuera de la oficina le complicaban la agenda. Decidió que no volvería hasta la inauguración del primer bloque.

El día anterior había llamado al gerente del gimnasio San Martín. Le explicó el descontento de Andrei Lisinchuk, tanto por las instalaciones como por la inadecuada labor que le habían asignado, y le rogó una solución inmediata porque no tenía ni tiempo ni humor para empezar a buscarle un trabajo alternativo. Miguel Ángel prometió hablar de inmediato con Andrei. «No te preocupes —le dijo—, pase lo que pase va a quedarse satisfecho.»

Desde el coche, a la altura de Alsasua, telefoneó a su domicilio. Le contestó Germania.

—¿Está la señora?

—Salió hacia las cuatro, caminando. No me dijo a dónde iba.

Llegó a San Sebastián en el tráfico agobiante de un atardecer de verano. Atravesar Ondarreta le llevó un cuarto de hora. Al fin llegó al chalet, y aparcó junto a la puerta exterior.

En la cocina, entregó la ropa sucia a Germania con el encargo de que tuviera las camisas preparadas cuanto antes. Se sirvió una cerveza y entró en la sala. Sobre la mesa estaba la nota manuscrita —tres líneas— en la que Arantza recogía las reivindicaciones laborales de Andrei. Puso en marcha el ordenador y seleccionó imágenes del control de seguridad en unas horas precisas. A las 8.08 pm, sobre la verja de hierro se perfiló la figura de Andrei pulsando el timbre. El segundo monitor captaba su paso por el jardín hasta llegar a la casa. Aquí desaparecía su imagen. Pulsó el avance rápido y a las 9.47 pm la secuencia se repetía, pero en sentido inverso. Andrei sale de la casa, atraviesa el jardín, abre la puerta exterior y se introduce en su coche, aparcado justo enfrente. Entre una y otra imagen habían transcurrido una hora y treinta y nueve minutos.

Sin embargo, Arantza le había dicho «se fue enseguida». Pensó en dos razones para aquel embuste. O bien no pasó nada entre Arantza y Andrei en tan largo tiempo y ella había mentido para tranquilizarle, o bien sucumbió a su atractivo y entonces tuvo que mentir para ocultarlo. Entró al dormitorio. Destapó la colcha y el nórdico. Él dormía siempre en el lado izquierdo de la cama. La almohada conservaba todavía el olor de su perfume. Tampoco vio ningún rastro extraño ni en la sábana ni en el colchón.

En cambio, el sofá del salón sí conservaba en una de las esquinas un rastro de humedad que oscurecía el azul de la tela. Le pareció un dato esclarecedor. Mañana pondría los medios para acreditar que aquella mancha era semen o fluido vaginal.

Juan José Erdocia cogió la llave escondida en el estante. En alguna ocasión había visto que Arantza la depositaba entre los tomos de la enciclopedia. Abrió el cajón y aparecieron en el ángulo de la izquierda facturas, tarjetas postales y carpetas diversas, y en la parte derecha abundante ropa interior. Ojeó brevemente los papeles. Luego fue retirando las prendas de seda y encaje. Al fondo aparecieron las cajas de anfetaminas y ansiolíticos y, junto a ellos, una agenda con pocos nombres.

Telefoneó a Julián Beraza. Dentro del amplio grupo de conocidos era el único a quien podía confiarse en un tema tan delicado. Quedaron citados a las ocho del día siguiente, en la terraza del Ezeiza.

Beraza escuchaba a Juanjo Erdocia en silencio. Terminó:

—¿Qué harías tú en mi caso?

—Dime tú lo que piensas y te doy luego mi opinión. ¿Crees que Arantza supone que tú sabes?

—Habría que preguntárselo a ella.

—¿Se lo vas a decir?

—Primero quiero tener la certeza absoluta de que follaron. He mandado hacer unos análisis. Si se confirma, se lo diré.

—Hazlo de una manera civilizada. Empieza diciendo que te extrañó que Andrei pasara más de una hora y media en casa. Y, al hablarle, no te olvides que ella te cogió en la cama con aquella becaria del proyecto Erasmus. Aparte de Irene, tu navarrica.

—El ucraniano es un cabrón. En lugar de poner paz en su grupo, les calienta con reivindicaciones. Ya sé lo que ganaba en Ucrania y lo que se saca aquí. Yo me lo cargaba.

—¿Qué quieres decir con que te lo cargabas?

—Que lo mandaba a casa. Le rescindo el contrato, se le abona lo que proceda, con un plus para que no la arme, y nos deja en paz. Estoy seguro de que anteayer, cuando llegó al chalet y vio a Arantza sola, le tiró los tejos. Es verdad que a un tío así, joven, rubio y atlético —ya ves que sé reconocer las cosas— es difícil que una mujer se le resista.

—No puedes mandarle de vuelta. No te olvides que Andrei es el mejor del equipo. Sus marcas en ergómetro son increíbles, un veinte por ciento más que la media. Además se ha adaptado perfectamente al banco fijo y al mar. Como remero es un fenómeno.

—Hasta el lunes éramos una pareja normal, con nuestros problemas, como todas. De cara a mi proyección social mantener esa imagen de normalidad me interesa mucho. Están mal vistos los políticos divorciados.

—¿Te digo lo que haría con Andrei?

—Para eso te he llamado.

—No puedes prescindir de él, por dos razones. Primera, el ascendente que tiene entre sus compañeros, que no entenderían el despido. Segunda, su extraordinaria condición física. Yo que tú, le hablaría. Cuéntale cómo has averiguado que se folló a tu mujer, cuéntale lo del vídeo, la mancha en el sofá, todos los demás detalles. Cuéntaselo y ofrécele un plus.

—¿Qué?

—Dinero, el suficiente para que no vuelva a acercarse a Arantza a menos de quinientos metros, como hacen los jueces con los maltratadores. Si incumple, le amenazas con cancelar su contrato y repatriarlo. Ucrania no pertenece todavía a la Unión Europea.

—No está mal. Espero que funcione.

—Funcionará. Tatiana, su pareja, tiene veinticinco años menos que Arantza y está buenísima. Aquello fue una aventura que no volverá a repetirse. A Arantza, perdona que te lo diga, le será más difícil olvidar.

—No me ofende. Me jode que se liara, pero me pongo en su papel y lo comprendo.

Ya oscurecía. Se encendió el alumbrado del paseo. Beraza propuso:

—¿Por qué no me invitas a cenar y seguimos charlando?

Pero Juanjo Erdocia se sentía cansado y con la moral baja.

—Hoy prefiero retirarme pronto. Te llamo la semana que viene y nos vamos a Arzak. Prometido.

Casi un mes llevaba el equipo entrenando en aguas del Cantábrico. Durante este tiempo, el entrenador Salaberria había ido acoplando a los remeros en la trainera, a la vez que corregía detalles de estilo para conseguir el mejor rendimiento. Estaba especialmente satisfecho de su puesta a punto física. Para los deportistas locales, la calidad de los remeros ucranianos —la mitad de la tripulación— era un estímulo para esmerarse. Basándose en las señales de tierra, las mismas que durante decenios habían utilizado todas las tripulaciones, Salaberria y sus técnicos tenían conciencia de que la trainera era imbatible.

En aquel anochecer de agosto, el autobús del club atravesaba las calles de Orio en dirección al embarcadero. Querían contar con tiempos y referencias obtenidas sobre una superficie de agua inmóvil, para una mayor exactitud. Cauce arriba del río, a aquella hora en marea plena, un poste pintado en blanco marcaba la salida. Los trece remeros y el patrón se despojaron de sus chándales y ocuparon su puesto en la embarcación. Calentaron en tres series repetidas de cinco minutos y a una señal comenzaron la prueba con una boga rápida y potente. Kilómetro y medio más abajo, Iraola paró el cronómetro cuando la proa de la trainera atravesó la línea imaginaria que marcaba la fachada posterior de la Cofradía de pescadores.

La cena estaba preparada en una sociedad gastronómica de Zarautz. A la puerta esperaban Juanjo Erdocia y las mujeres o compañeras de los deportistas. Mientras se acomodaban a las mesas, Erdocia, Salaberria e Iraola compararon el tiempo empleado por la *Donostiarra* con los registros de otras pruebas, en años anteriores. Habían superado por medio minuto la mejor. Se abrazaron jubilosos, estrechando las manos de los remeros y dando besos a las mujeres.

Andoni llevaba desde las seis de la tarde en la cocina. Había preparado un sabroso menú sin salirse de las normas dietéticas marcadas por el doctor Arratibel: ensalada variada de arroz, pollo de caserío con almendras y nueces y, de postre, espuma de limón en gelatina. Para beber, excepcionalmente, sidra.

Terminada la cena, Erdocia puso en el reproductor el himno nacional ucraniano, que fue escuchado de pie y en respetuoso silencio por los asistentes. Luego salieron hacia el autocar bajo la luz de una luna llena.

La cena con Julián Beraza, en Arzak, resultó espléndida, aunque a Juanjo Erdocia le gustaba la cocina tradicional en la que los productos saben a lo que realmente son. Prefería un rodaballo a la parrilla, o la chuleta de buena textura del Elkano, a los helados de puerro, los irlandeses con lentejas o las lascas de bonito con pochas que servían los tres estrellas Michelín. Un espléndido Château Latour le hizo recuperar la moral un poco deprimida con la que entró al restaurante.

Erdocia se lo dijo al principio de la cena. Tal como lo había sospechado, los análisis confirmaban la existencia de semen en la mancha del sofá.

—Hablé con Andrei. Llegamos enseguida a un acuerdo, lo puse por escrito y firmamos. Por la cuenta que le trae se mantendrá alejado. En cuanto a Arantza, voy a hablar seriamente con ella.

—Recuerda lo que te dije y compórtate de manera civilizada.

—Me gustaría olvidar esta historia pero no me será fácil. Que a uno le pongan los cuernos deja huella. Dicho esto, reconozco que el divorcio o la separación son imposibles ahora. Primero, porque la necesito como pareja de cara a la opinión pública. Y segundo, porque mi participación en Grúas Bulaza la tengo puesta a su nombre y los apartamentos de Alcudia a nombre de sus hermanos.

—Efectivamente, dos razones importantes para seguir juntos.

Aún no eran las ocho y media de la mañana cuando sonó el teléfono situado sobre la mesilla de Juanjo Erdocia. El timbrazo le despegó de un sueño profundo, consecuencia del ansiolítico tomado de madrugada. También se despertó Arantza, que entró al baño a orinar mientras Erdocia hablaba. Era Joan Tresserras.

—Te llamé anoche, a casa y al móvil. Dejé recado porque era importante.

—No he escuchado el contestador. Estuvimos cenando fuera y volvimos tarde.

Sí que era importante la llamada. Tresserras se había entrevistado con directivos de la Caixa, «al más alto nivel», le dijo. La propuesta les gustó, porque la Caixa estaba inmersa en un vertiginoso proceso de expansión en el País Vasco. Tenía abiertas cuarenta y seis sucursales y en el plazo de tres años probablemente las duplicaría. Los informes recabados por la entidad de ahorro catalana les confirmaban la pasión que despiertan las regatas de traineras en todo el Cantábrico y en especial en San Sebastián. Con el ayuntamiento donostiarra se habían abordado en años anteriores proyectos culturales de gran envergadura gracias a la receptividad del alcalde que, al margen de su catalanismo, buscaba un contrapeso al poder de una Kutxa dominada por los nacionalistas. En principio estaban de acuerdo, tanto en el patrocinio de la trainera como en desarrollar el proyecto deportivo e inmobiliario de Ibai Alde. Un alto directivo se desplazaría en breve a San Sebastián para concretar detalles de la operación. «Sin falsas modestias, creo que tienes en mí al mejor interlocutor. Trabajo todo con ellos» —terminó Tresserras.

Aitor Bastarrica acudió a la media hora al despacho de Juan José Erdocia para escucharle, en persona, la noticia de que la Caixa entraba en la operación. Le confesó que el director de la sucursal de la Avenida, con quien le unía una gran amistad desde los tiempos de Deusto, le había preguntado algunos detalles sobre los negocios y actividades que desarrollaba Erdocia. Por supuesto, le contó la buena marcha de sus empresas y la amplia proyección social que estaba alcanzando con el proyecto de trainera galáctica. Seguramente incorporaría aquel informe confidencial al expediente. También le preguntó si Juan Antonio San Román mantenía aún vínculos empresariales con él.

—Juan Antonio San Román. Hace tiempo que no sé nada de él, concretamente desde que liquidamos Savasa.

—Parece que dejó un buen pufo, desapareciendo sin dejar rastro. A la Caixa le debió tocar una parte importante —informó Aitor Bastarrica.

Seguidamente contó lo ocurrido, tal como había llegado a sus oídos. Juan Antonio San Román, a raíz de su divorcio, comenzó a frecuentar burdeles y a concertar citas con fulanas que se anunciaban en la prensa y en internet. Anduvo así unos meses hasta que una colombiana veinte años más joven que él le sorbió el seso. No podía vivir sin ella. Le compró un piso en la avenida de Mazarredo y, para alejarla del entorno en que se movía, comenzaron a viajar. Se pasaron seis meses en cruceros turísticos por el Caribe, Escandinavia y las islas griegas. A la vuelta, ella volvió a las andadas, lo que impidió a Juan Antonio San Román reiniciar su actividad como empresario, pues estaba pendiente todo el día de la colombiana. La historia se torció aún más cuando apareció en escena su antiguo chulo, que no se resignaba a perderla. Parece que sometió a extorsión a San Román y que éste tuvo que pagarle cantidades importantes para que les dejara en paz.

—Me dijeron que últimamente andaba por los bares del Casco Viejo, bebido o drogado —concluyó Bastarrica.

—Parece mentira, un hombre como él. Puedo asegurarte que hizo mucho dinero en la costa de Alicante. En la vida hay que tener las ideas claras y mucha fuerza de voluntad, como yo. Cuesta mucho llegar arriba pero poco derrumbarse.

Seguidamente, Bastarrica le informó sobre las últimas gestiones. La más importante, sin duda, el haber comprado al club de Castro la carta de libertad de Orbañanos y David para incorporarlos a la tripulación donostiarra. Ahora trabajaba en la transformación del club para pasar de sociedad deportiva a sociedad anónima, según los criterios marcados en la reunión del Hotel de Londres, que se iban cumpliendo al cien por cien.

Juan José Erdocia y Arantza Michelena en el salón del chalet, sentados a la mesa frente a frente. Llevaban un rato hablando. Al entrar, ella le había dicho protocolariamente:

—¿Qué tal por la oficina?

—Bien —contestó él, sin mirarla. Dudó unos momentos—. Te acostaste con Andrei.

No la cogió de sorpresa. Estaba preparada pero tardó en responder. Lo hizo con la cabeza violentamente echada hacia atrás.

—Imagínate la de infidelidades tuyas que yo podría contar. Pero no fisgo en tu vida, como haces tú en la mía. Ésa es la diferencia.

—Todo mi tiempo lo he dedicado al trabajo. Fíjate dónde empezamos y hasta dónde hemos llegado. ¿De qué puedes quejarte?

—De muchas cosas. Por ejemplo, adoptas siempre una posición crítica hacia mí. Eso me causa una gran tensión.

—Creo que tienes una visión equivocada de la situación. Intentas culpabilizarme de problemas que sólo existen en tu cabeza.

—Juan José, te recuerdo la boda de mi sobrina Irene. Tú no quisiste ir, de ninguna forma —le agobiaba que Juan José no reconociera las evidencias.

—Diego es un cretino con el que sabes que no me hablo. Buscamos una buena excusa y además le mandé a su hija dos mil euros para el viaje de novios.

—Sí, pero yo soy hermana de su mujer. No fuiste capaz de ponerte en mi situación. Yo, en cambio, he intentado plegarme al cien por cien a tu vida social y profesional. Dejé mi trabajo a poco de casarnos. Sabes que de Ander y de Gorka me he ocupado yo íntegramente —le temblaba el labio inferior.

—Ni a ellos ni a ti os ha faltado nunca de nada, diría que más bien al contrario.

—Te recuerdo que tu vida empresarial comenzó gracias al dinero de mi padre.

—Me lo has recordado tantas veces…

—Pienso que, como muchos hombres, sólo te quieres a ti.

—El problema es que no me aceptas como soy. Te has montado un ideal de pareja y tengo que parecerme a ese modelo.

—Te equivocas, querido, te equivocas.

—Bonita forma de expresarlo. Hasta hace poco creía que eras feliz.

—Disimulaba. Mi fragilidad, mi indecisión ante la vida tiene que ver con ese papel secundario al que me has relegado.

—Ya estás cambiando los papeles. Estamos aquí porque me has engañado con otro hombre y cualquiera que nos oiga pensaría que el culpable soy yo y no tú.

—Quizá nos vendría bien distanciarnos durante un tiempo —lo dijo alzando la barbilla, un gesto habitual en ella cuando afrontaba decisiones importantes.

Juan José Erdocia recordó la historia del empresario San Román, deambulando tras su separación por los burdeles en busca de sexo pagado y enamorándose al fin de una puta.

—Ni lo sueñes. Si las cosas no se tuercen, sabes que voy a tener una proyección pública importante. No se tratará sólo de ir a cenar con los amigos. Tienes que estar a la altura de las circunstancias. Hay muchas cosas que mejorar.

—O sea, que deseas que mejore no por mí sino por ti. —A Arantza le dolían las palmas de la mano de clavarse las uñas.

—Por los dos. Todavía estoy esperando una palabra de alabanza a mis éxitos como empresario, a la posición económica y social que tenemos.

—¿No puedes dejar de valorarme sólo como algo que te pertenece y pensar que tengo todo el derecho a ser libre?

—Ah, ¿no eres libre? ¿Te obligaron a acostarte con Andrei? Tienes la autoestima baja y quizás eso te disculpa.

—Así no me ayudas.

—Algún día te explicaré muchas cosas —se lo dijo ampulosamente—. ¿Por qué no vuelves al psicólogo?

—Lo pensaré. Te sugiero que vayamos juntos.

Quedaron a partir de ahí en silencio. Luego, Erdocia se levantó y puso *La Traviata* en el equipo de música.

El Consejo de Administración de Kutxa trataba su cuarto punto del orden del día, el que hacía referencia «a la gran trainera donostiarra, posiblemente la mejor de todo el Cantábrico a lo largo de la historia». Esta frase la venían repitiendo desde hacía varias semanas los medios de comunicación, a la que añadían el apoyo decisivo que iba ofrecer la Caixa al proyecto. Juan José Erdocia se había preocupado de filtrarles la noticia días antes.

Fue un corto debate. De él salió una decisión concluyente, la de que la globalización de mercados tenía sus límites y la Caixa, en aquel asunto, los había traspasado claramente. En el curso del debate, Asumendi, de la Obra Cultural, señaló que era como si a Kutxa se le ocurriera esponsorizar el concurso de castellers de Tarragona o el de sardanas de Banyoles, una aberración inaceptable. Pero habrían de moverse con cuidado dadas las conexiones catalanas del alcalde. Seguro que él había visto la propuesta con buenos ojos.

Se acordó que fuera Olano el encargado de llevar el peso de las negociaciones. Elena Barriola le acompañaría a la reunión que iban a mantener el jueves con Juan José Erdocia para fijar las líneas de actuación.

Estaba Juanjo Erdocia en el jardín, sirviéndose la segunda Guinness, cuando se le acercó la sirvienta con el inalámbrico. El grupo interrumpió las conversaciones y guardó un educado silencio.

—Señor Erdocia, dice que es Angulo, de una tal Euskal Berdeak. Le he dicho que no sabía si estaba.

Erdocia cogió el teléfono y fue hacia la galería. En el camino regañó a Germania con irritación contenida.

—Ya te he dicho que no me traigas el inalámbrico ni que me des los recados delante de la gente. Que sea la última vez.

Conectó el teléfono y escuchó:

—Erdocia, soy Xabier Angulo. Yo le conozco pero usted a mí no. Llamo para el tema del dragado del río.

—¿Qué noticias tienes? —Erdocia le tuteaba.

—En julio se celebran en Manaus unas jornadas internacionales para la conservación de la Amazonía. Del grupo Ilargi nos han pedido una ayuda para los gastos de viaje. Irán siete personas.

—¿Tantas?

—Ese número nos han dado. El viaje posiblemente sea una compensación por la militancia continuada. La verdad es que dan el callo a tope y es la primera vez que salen tan lejos.

—¿Qué les habéis dicho?

—Nosotros no tenemos un céntimo, pero usted está muy bien relacionado y podría encontrar la forma de ayudarles. Si les pagamos el viaje podríamos negociar el dragado del río.

Juanjo Erdocia se mantuvo en silencio un rato largo, como si estudiara a fondo la propuesta. Habló al fin.

—Diles que sí. Pero que quede bien claro que a todos los efectos sois vosotros los que les financiáis.

Entró Juan José Erdocia en el salón. Abrió la caja fuerte camuflada tras el cuadro de Andy Warhol y sacó de la bolsa varios billetes que introdujo en un sobre.

La Orquesta Sinfónica de Boston inauguraba el ciclo de música clásica de verano. Su gira europea —Londres, Amsterdam, Burdeos— estaba resultando apoteósica.

Dado que le quedaba poco tiempo, Juan José Erdocia, en lugar de ducharse, se lavó el cuello y las axilas en el lavabo. Eligió para la ocasión el traje gris oscuro que le había confeccionado Jiménez Margariño para la boda de Elisa. Arantza dudó entre estrenar el vestido verde oscuro de Auzmendi o la chaqueta de lino sobre la camiseta negra con cuello en punta. Eligió esta opción, completada con un collar de eslabones y el atrevimiento de unos zapatos amarillos. Se quitó las lentillas y metió las gafas en el bolso. Prefería que la supieran miope al picor irritante del iris. Repasó el carmín de los labios y se dio un tirón en el costado del vestido para ajustar el talle. Finalmente se aplicó dos golpes de pulverizador en la boca.

Antes de salir, Juanjo Erdocia echó una última mirada a la información que Wikipedia ofrecía de la Orquesta de Boston y de Schumann y su *Fantasía*.

Andoni se había prestado a llevarles en el Saab, porque aparcar por la zona a aquellas horas del verano resultaba una misión imposible. Los alrededores del Kursaal desbordaban animación, mezclados los paseantes de la zona con los espectadores que apresuraban su entrada al Auditorio. Juan José Erdocia y Arantza lo hicieron del brazo y sonriendo, veinte minutos antes del inicio.

En el vestíbulo coincidieron con varios conocidos. Otros que no lo eran se acercaron también para felicitarles. Juan José Erdocia era mal fisonomista y, para no fallar, saludó a todos con el mismo gesto cordial: un fuerte apretón de manos y palmada en la espalda. Todos le hablaron de la *Donostiarra* y de la ilusión que tenían puesta en aquella trainera representativa de la ciudad. Igual sucedió en el descanso. Durante la segunda parte del concierto, Juanjo Erdocia, ajeno a aquella música que no era capaz de saborear, fue componiendo mentalmente una lista de las personas importantes que había saludado, empezando por el lehendakari, el diputado general, el alcalde y la consejera de cultura.

A la salida del concierto nadie le mencionó la actuación de la orquesta, o de su director, a pesar de que los aplausos se habían prologado durante diez minutos. En el hogar del Auditorio, rodeados de adictos, tomaron una copa de cava y algún refrigerio. El camarero depositó la segunda bandeja de ahumados cuando la primera estaba aún intacta.

Fueron andando hasta el cercano aparcamiento. Les costó quedarse solos. En la cabina del vigilante recogieron la llave del Saab y, antes de montarse, Juan José Erdocia le dijo a Arantza:

—Vamos a ir a un sitio que no conoces y al que seguramente no volverás. Nos va a servir de terapia.

Era casi media noche cuando entraron en el Mocambo, un local de sabor cubano en la carretera a Irún, abarrotado de gente en aquel momento. El bar hacía negocio con los camioneros que, obligados a detenerse junto a la frontera por la prohibición francesa de circular en los fines de semana, encontraban afecto y disfrute sexual en los varios clubes establecidos por la zona. En un rincón de la barra, Erdocia y su esposa pidieron dos combinados de naranja con muy poco vodka. En el coche se habían despojado de la chaqueta, la corbata, los pendientes y el echarpe para tener un aire más informal y ahora bailaban salsa entre aquellas parejas tan diferentes a ellos.

Aquella evasión no les duró mucho. Arantza se sentía profundamente fatigada, con un dolor agudo en las cervicales. Había sido un intento fracasado. Dijo en tono imperativo, enfundado en cortesía:

—Vámonos, por favor.

Juan José Erdocia le pidió que condujera ella, porque en un control hubiera dado positivo. Arantza aceptó, suspirando.

Esperanza Zaldúa, la madre de Arantza, falleció el siete de agosto. En su larga agonía, las recuperaciones esporádicas se alternaron con depresiones agudas. Juan José Erdocia la recordó en la imagen de los últimos meses, hundida en su sillón, con la cabeza inclinada, incapaz de comer por sí sola, aunque se perfumaba copiosamente e intentaba hacer solitarios. Poco a poco se fue apagando, como la mecha al final de una vela. Viuda desde los cincuenta años, se había volcado en la atención de sus nietos. No conocía el chalet porque nunca se le invitó. Juan José Erdocia la había tratado siempre de una forma distante, pero a su muerte no sintió remordimientos. Pensó que había cumplido sobradamente, porque en los últimos años de vida la atendieron en tres turnos de ocho horas un matrimonio boliviano y Sara, la espigada argentina de Tucumán.

Erdocia, tras consultar con su esposa, redactó la esquela, una esquela grande proporcionada a la importancia del clan familiar. Se publicó en los tres periódicos, y al día siguiente hubo otra esquela más pequeña, dedicada a la difunta por «los trabajadores de Construcciones Urdiain», que pagó también él.

Ante la escasez de sacerdotes y siguiendo la norma habitual, el párroco les propuso celebrar funeral compartido. Erdocia exigió una ceremonia exclusiva en memoria de Esperanza Zaldúa, mujer de sólidos principios religiosos, y muy vinculada en otros tiempos a la catequesis parroquial. Para afianzar la petición, extendió un cheque cuyo importe iba destinado a la reparación del órgano.

Asistió mucha gente a la ceremonia. Las familias Zaldúa-Michelena, aparte de numerosas, estaban muy introducidas en la vida social de la ciudad. Destacaban en la masa las cabezas rubias del grupo de ucranianos. Los conocidos de Erdocia, al darle el pésame, incidían en las muchas cualidades que adornaban a su suegra. Erdocia pensó: «Qué manía esa de que todos los muertos, o las muertas, sean personas excelentes». Mentalmente compuso una lista negra con los que no se acercaron a saludar.

A la salida de la iglesia, Juan José Erdocia propuso:

—Podríamos tomar un vino en el Lukas —lo dijo a los más cercanos, pero le acompañó un grupo numeroso que ocupó todas las sillas situadas en un chaflán de la terraza donde aún daba el sol.

El notario Peña era un hombre enjuto, con un bigote espeso que aparecía exótico en un tiempo donde nadie los llevaba. Erdocia le recordó de alguna escritura firmada ante él, hacía tiempo. Ya en su despacho, tras unas frases convencionales, les invitó a sentarse y procedió a abrir el testamento de Esperanza Zaldúa, otorgado dos años antes. Leyó muy rápido los primeros párrafos, hasta llegar a la descripción y al reparto de bienes.

«Extracto de partición de herencia, pago de Derechos Reales e Inscripción de doña Esperanza Zaldúa Imaz.

Asiento n.º 123, folio 37, diario 5S. La fallecida deja el caudal relicto que se enumera en el siguiente inventario. Privativos de la causante…» y aquí citaba con las letras A y B las fincas de la calle Hernani y Embeltrán, y con la C y D dos inmuebles sitos en la calle Almirante, de Cullera, Valencia.

A los dos primeros, ya conocidos, que pasaban directamente a las hijas, se añadían ahora dos apartamentos en Cullera, adjudicados a sus nietos Gorka y Ander, con cargo al tercio de libre disposición. El saldo existente en el BBVA a la hora del fallecimiento iría destinado a la Fundación Larratxo, que acogía a niños y niñas en circunstancias de exclusión social.

A la salida, Juan José Erdocia preguntó a su mujer: «¿Sabías algo de los apartamentos de Cullera?». Ella le respondió que no, pero que aquello ya no importaba. Habían ido a buenas manos.

Se separaron en el portal de la notaría porque Arantza tenía que visitar a una amiga en el hospital. Antes de regresar a la oficina, Erdocia entró en un bar. Delante del café empezó de nuevo a preguntarse: «¿Cómo habían llegado a manos de su suegra aquellos apartamentos? ¿Cómo era posible que los hubiera mantenido tan en secreto? ¿Quién se los administró durante los veinte años que figuraron a su nombre?». Decidió ponerse a investigar tan pronto llegara a la oficina.

Al atardecer, no hay un sitio como la terraza del Real Club Náutico para tomarse un cubalibre con mucho hielo.

Sentados a una mesa junto a la barandilla, los dos representantes de Kutxa, y Juanjo Erdocia, apuraban la consumición mientras iban ultimando detalles sobre el proyecto Ibai Alde. Definitivamente, Kutxa iba a participar en él.

Frente a ellos, la playa con los últimos bañistas. En las embarcaciones fondeadas junto al club, los propietarios y sus familias tomaban la merienda. La mayoría de los barcos eran de gran porte y elevado precio, pero casi nunca salían de la bahía. Pensaba Erdocia que aquellos hombres y mujeres los adquirían para evidenciar su estatus social, tal como hacían los cazadores del coto Santa Inés con sus todo terrenos de último modelo y sus escopetas británicas. Y lo que hacía él, a un nivel incomparablemente más alto, impulsando aquel proyecto deportivo que le iba a abrir muchas puertas.

Iban a dar las ocho. Erdocia recordó que a esa hora comenzaba la serie. Sugirió a Olano y Barriola ver la actuación de Yuriy Vasylyk en su papel de ucraniano de pasado oscuro intentando redimirse en el amor a Lorea. Hasta entonces, unas veces por sus compromisos y otras por olvido, no había vuelto a presenciar la serie. Con Olano y Elena Barriola se sentó frente al televisor, en el escaso espacio que dejaba un grupo de socios abstraídos en el partido de tenis de la Cuatro. Les explicó su interés por el serial de ETB1 y amablemente accedieron al cambio. La escena transcurría en un agroturismo regentado por los padres de Lorea, en un lugar montañoso desde donde se veía el mar. Allí permanecía escondido Yuriy, por razones ignoradas para quien no hubiera seguido la trama. La siguiente secuencia enfrentaba a Yuriy Vasylyk con antiguos camaradas suyos de Kosovo que le reclamaban el pago de una deuda. Yuriy actuaba con desparpajo, y su euskera, teñido con el acento cantarín de los pueblos eslavos, era ahora de una corrección notable. Lógicamente, los actores locales que daban vida al grupo mafioso imitaban su acento, lo que daba a la secuencia un gran realismo. La siguiente escena era un diálogo amoroso entre el ucraniano y Lorea, cuyo valor más destacado a ojos de Erdocia era el deslumbrante atractivo físico de ambos.

Poco a poco, los socios del Club Náutico habían ido abandonando los sillones. Estaba claro que por edad y extracción social, no entendían el euskera. Sin mayor interés por seguir la trama, Erdocia cambió de cadena y fue recorriendo los grupos solicitando disculpas por aquel asalto intempestivo.

Despidieron en la puerta a Olano, que andaba con prisas y volvió a sentarse con Elena Barriola de cara al mar. Mañana llamaría a Joan Tresserras para explicarle que Kutxa iba a colaborar en el proyecto porque no quería intromisiones en zonas tan sensibles como las *estropadak*. Estaba seguro de que los de la Caixa lo entenderían y que en manera alguna sería una traba para la financiación del complejo en Cala Ampolles.

El sol llegaba a la raya del horizonte y Erdocia y Elena Barriola se dispusieron a contemplar el «rayo verde». Se decía que cuando el sol empieza a ocultarse, el fenómeno de la refracción de la luz descompone los colores y hay un momento fugaz en el que llega a percibirse un destello verde. El disco solar se hundió aquel atardecer sin que nada ocurriera, quizá debido a la escasa humedad atmosférica. Pero mereció la pena la contemplación serena del paisaje, las nubes teñidas de rojo, el horizonte lejano del mar...

—Cuando seas alcalde vendremos de nuevo a esta terraza. Seguro que entonces sale el rayo verde —le dijo, aduladora, Elena Barriola al despedirse.

Llevaban cinco años reuniéndose en la víspera de la Virgen de agosto. Esta vez eran siete los barcos fondeados en la bahía de Getaria, a unos cien metros de la costa. Procedían de diversos puertos, desde Hendaya a la marina de Getxo, y quedaron abarloados en el orden determinado por las respectivas esloras y mangas. En el centro, el imponente *Simbad* de Pablo Arriaga, con el dos palos de Juan José Erdocia a babor y el resto en el entorno. Eran las siete y media de la tarde.

En un primer momento, tras los saludos de cubierta a cubierta, cada grupo permaneció junto a su barco, bien tomando el sol sobre la toalla extendida, bien nadando por los alrededores. En la hora siguiente fueron pasando al *Simbad*, donde se sucedieron los apretones de manos y abrazos.

—Si no tenéis inconveniente, venid descalzos, no valen las zapatillas —les decía Pablo Arriaga desde la baranda de proa. La cubierta del barco era de teca barnizada, reluciente, sin un rasguño. Arriaga vestía un bañador negro, ceñido bajo la prominente barriga, y daba la mano a su actual pareja, una rubia delgadísima mucho más joven que él.

Como música de ambiente, tenía puesta una rumba trasnochada. La sirvienta, cubana, apareció con la bandeja de aperitivos meneando el cuerpo. Era la única que, por razón de protocolo, se cubría con albornoz.

Unas veinte personas se agrupaban en la cubierta del *Simbad*, sin mayor agobio. Pablo Arriaga exponía el proceso seguido para su adquisición, la pasada primavera:

—Leí el anuncio y entré en internet. Estaba matriculado en Veracruz. Salía en subasta y me alegro de haber pujado hasta el final. Va como la seda.

Con los más interesados formó un grupito y les fue enseñando el lujoso interior: paredes forradas de caoba y decoración al más puro estilo marinero. Los servicios incorporaban una bañera de mediana dimensión. En la cocina, modernísima, se afanaba una segunda doncella montando bocaditos de anchoa y pimiento.

—Cuando Norman Foster venga a Bilbao en octubre, le voy a invitar al barco. ¿Conocéis alguno a Norman Foster? Es un tipo estupendo, somos buenos amigos —dijo Pablo Arriaga.

Además de su relación con personajes ilustres, Arriaga solía referirse a los múltiples negocios en que estaba metido, como si se tratara de un denso bagaje cultural o de un sistema filosófico que explicaba no sólo su existencia sino también la de los otros.

El viento sur fue decayendo a medida que avanzaba la tarde. Cuando el sol iluminó de rojo el horizonte y se fueron encendiendo las luces de la costa, aparecieron las dos cubanas con las bandejas de comida y las botellas de Veuve Clicqot.

Antes de empezar, advirtió Arriaga:

—Esperad un momento, que voy a por las cámaras. Tenemos que perpetuar este momento.

Las cubanas depositaron las bandejas en el balcón de popa, y una con el vídeo y otra con la cámara de fotos comenzaron a grabar al grupo. El entorno resultaba insuperable: la luz cálida de los dos farolillos instalados en cubierta y al fondo la costa marcada por una silueta de luces amarillas, con el primer plano de la iglesia deslumbrante. Todos los asistentes pidieron copias del vídeo y de las fotos.

Erdocia les contó la última. Un representante de Zeppelín TV había contactado secretamente con sus deportistas de Ucrania con el fin de hacerles un *casting* para un nuevo *reality*. Salió elegida Olga Larionov, quien debía entrar en la granja a final de mes. Sólo la amenaza de inmediatas acciones judiciales logró detener el proceso.

La cena se prolongó hasta casi la medianoche, finalizando con una tarta de crema a la que se la habían introducido treinta y dos velitas, por el recién cumpleaños de Suzanne. Cuando llegó el momento, la novia de Arriaga las apagó con un único soplido.

Montaner apareció con una cajita labrada en plata y ofreció canutos bien cargados, que pronto desaparecieron. Menos éxito tuvo la ronda de polvillo blanco aceptada por sólo dos de los presentes.

El baño tras la cena, con zambullidas desde cubierta, la mayoría lo hizo desnudo, siguiendo la tradición establecida desde el primer año.

La Orquesta Sinfónica de Kiev cerraba el ciclo de la Quincena Musical y Juan José Erdocia no quería perderse este concierto. Tenía reservadas las dos invitaciones para Andrei y su compañera Tatiana, pero días antes rompió el sobre y guardó las entradas. Dos razones le movieron a ello. Primera, porque aquel cabrito se había tirado a su mujer y no merecía ninguna atención. Y segunda, porque, una vez probado, le apetecía mucho asistir a aquel tipo de eventos donde lo mejor de la sociedad le rendía homenaje.

La invitación a Miroslav Redko, embajador de Ucrania en Madrid, se adornó con abundante material de propaganda turística. Su secretaria preparó un voluminoso paquete, que se envió con carácter urgente y tras asegurarse de que el señor Redko no se encontraba de vacaciones. Pensó Juan José Erdocia que su presencia daría prestigio y respaldo al proyecto y que el grupo de deportistas ucranianos agradecería la visita.

Ana Mari le pasó entonces un correo a su nombre. Decía textualmente: «Recibida su amable invitación. Será un placer acudir a esa bella ciudad con motivo de la actuación de nuestra afamada orquesta. Rogamos se pongan en contacto con el señor embajador». Firmaba el primer secretario de embajada.

Telefoneó de inmediato. Se puso finalmente el embajador Redko.

—Señor Erdocia, he recibido su amable invitación. Puedo asegurarle que será para mí un placer acudir a esa bella ciudad y escuchar a nuestra orquesta, en la actualidad considerada una de las mejores agrupaciones musicales de Europa.

—La satisfacción y el honor serán para todos los donostiarras y para todo el País Vasco. Durante muchos años San Sebastián fue residencia veraniega del jefe del Estado y del cuerpo diplomático.

—Lo sabía y lo he comprobado a través de la completa información que me envió.

—Será alojado en el Hotel María Cristina, uno de los grandes cinco estrellas de España.

—Veo en el programa que el concierto es el jueves 1 de septiembre y que el domingo es la regata donde se presentan mis compatriotas olímpicos. Me agradaría mucho prolongar la estancia y asistir a la prueba.

—No sabe la satisfacción que nos causa su propuesta. Veremos la regata desde un sitio privilegiado. Estoy seguro de que al alcalde le encantará saludarle.

—Viajaré acompañado de mi señora y, si no hay inconveniente, de mi hija. Se casó en marzo y están ahora de vacaciones por la costa valenciana. Es profesora en la escuela de música de Kiev y conoce a varios componentes de la orquesta.

—Así que serán dos habitaciones dobles. Le agradecería que su secretaria nos envíe detalles del viaje, en especial la hora de llegada para esperarle en el hotel.

El embajador le aseguró que lo haría de inmediato. Se despidieron con un afectuoso saludo.

Juan José Erdocia volvió a descolgar el teléfono e inició la difícil empresa de conseguir cuatro entradas para un concierto que las había agotado antes de ponerse a la venta.

A Juan José Erdocia le gustaban las biografías de personas ilustres, en especial las de aquellos que, a semejanza suya, arrancaban de orígenes humildes y se habían forjado en la lucha diaria. Sentado en el sofá, leía la de Churchill. A su lado, Elena hojeaba una revista de divulgación científica. Tomaban el café en silencio. Sólo se escuchaba el ruido de las tazas sobre los platos.

Por la mañana, en el vestíbulo del Hotel María Cristina había recibido al embajador Redko, a quien acompañaban su esposa e hija y el marido de ésta. Llegaron en un Mercedes negro, de gran porte, modelo de veintitantos años de antigüedad, que un mozo del hotel se apresuró a meter en el aparcamiento. Mientras tomaban un café, explicó el plan que les había diseñado para los días siguientes.

A las once y media de la noche emitían su entrevista. Media hora antes comenzaba el programa semanal dedicado al boxeo. Le encantaba el boxeo y le dolía su decadencia actual. Sintonizó con ETB1. Proyectaban un resumen del mítico combate en el que Gene Tuney le arrebató el título de los pesados a Jack Demsey. Era en Chicago, con un Waldorf Arena abarrotado por más de treinta mil espectadores. Su entrevista, emitida a continuación, no le gustó, o, por decirlo mejor, no le gustó la imagen que ofrecía en pantalla. Para empezar, muy mal el maquillaje, demasiado ligero, que no ocultaba las arrugas de los ojos y el brillo en los entrantes de la cabeza. Los cinco kilos que había ganado en los últimos tiempos le daban tersura a la cara pero marcaban dos pliegues abultados en el cuello. La dicción bien pero el gesto demasiado adusto, tenía que suavizarlo. Decidió llamar a Marta Flaño para que le ejercitara en posturas, mímica y entonación. En cuanto al maquillaje, la próxima vez traería él los productos, de mayor calidad y en tonos más oscuros.

Arantza, en el otro extremo del sofá, seguía leyendo la revista.

Resistir. Es la palabra que soltó Aitor Bastarrica. Juanjo Erdocia le había contado la conversación mantenida aquella misma mañana con la consejera de Presidencia del gobierno autónomo, en relación con la campaña «Integración en la diversidad». Esta campaña pretendía impulsar la incorporación plena de la población inmigrante a los usos y costumbres del país. Su departamento había aceptado, como imagen de marca, la trainera formada en San Sebastián, por el hecho de incorporar al grupo de remeros autóctonos un número similar de extranjeros. Los mensajes se transmitirían por todos los medios: noticias en prensa, publicidad vial y anuncios en radio y televisión.

Aitor Bastarrica había concebido un producto deslocalizado, válido para cualquier circunstancia y país, basado en la cultura audiovisual anglosajona. Las imágenes serían *flashes* de impacto, con un fondo musical de Springsteen. En conjunto, un mensaje muy agresivo porque no se trataba de vender ningún producto sino de provocar en el receptor una línea de ansiedad. Pero aquel modelo no había gustado a la consejera. El departamento se inclinaba por un mensaje bien distinto: la trainera deslizándose por un mar encalmado y al fondo un paisaje de costa reconocible. Para radio y televisión lo mismo, todo sin efectos especiales y acompañado de una música folclórica, a ser posible el acordeón del país. Nada de publicidad a músicos de rock extranjeros. El documento debía reflejar dos cosas. De un lado, paz y sosiego, y de otro, nuestra rica tradición cultural, tan diferenciada de la del resto del Estado.

—Resiste —le dijo Aitor—. Recuerda el entusiasmo de la consejera cuando le hablamos del proyecto. Ella nos confió la realización porque conoce mi trayectoria profesional en el mundo de la publicidad.

—Con música autóctona o con rock, lo importante es que aparezca el club.

—Mantén el tipo y no desistas a la primera. A Presidencia no tenemos nada que pedirles. Otra cosa sería que el encargo viniera del departamento de Transportes y Obras Públicas.

—En uno u otro caso, soy yo el que pide prudencia. En política muy pocos olvidan y ninguno perdona.

Cuando cortó la comunicación, Juan José Erdocia pensó que a él le gustaba más el proyecto esbozado por la consejería. Algunos avances de películas le volvían loco con tanto movimiento. Además, a un deporte tan nuestro como el remo le correspondía una música autóctona. Pensó en que, por primera vez, su asesor, Aitor Bastarrica, se estaba equivocando.

Ana Miranda, portavoz de los *populares*, entró en el despacho del grupo media hora antes del inicio del pleno. Con la ventana abierta a la bahía, sus compañeros hojeaban expedientes en una atmósfera de sofoco. Les pidió atención:

—Vengo de una entrevista sorprendente. Me llamó la delegada sindical de una empresa de Hernani para contarme el conflicto que han mantenido con la dirección. Acabamos de tomarnos un café en el Boulevard.

Explicó que la empresa era Prefabricados y Áridos, cuyo capital mayoritario pertenecía a Juanjo Erdocia. Parece que de forma intencionada la fue descapitalizando y se entró en un proceso de regulación de empleo, con jubilaciones anticipadas, contratos de relevo y suspensión de empleos temporales. Sólo la posición firme de los trabajadores impidió su cierre. Consideraban a Erdocia responsable único de la situación.

—¿Por qué te lo contó a ti? —a Salazar le extrañaba que los sindicatos hubieran contactado con el grupo popular cuando cada uno de ellos tenía conexiones directas con el resto de partidos políticos.

—Luego te lo digo. Parece que Juanjo Erdocia ha cometido algunas irregularidades en la gestión de Prefabricados y en otras empresas suyas —señaló la carpeta que había depositado en la mesa—. La chica me ha entregado documentos.

—Erdocia es el personaje del día, con su proyecto de trainera donostiarra. Dicen que se va a postular como alcalde en las próximas elecciones.

—Por eso han recurrido a nosotros. Las acusaciones son más creíbles si vienen de un partido conservador. Las izquierdas se pasan la vida denunciando. Además, seguro que conocen mi mala leche.

—¿Son graves las infracciones?

—Tengo que estudiarlas más a fondo.

Se había citado con Arantza, a las siete y media en el vestíbulo del hotel María Cristina. Allí recogerían a Miroslav Redko y a su familia para dirigirse juntos al Auditorio. Faltaba media hora para el inicio del concierto. Acababa de despedir en el aeropuerto a Joan Tresserras y mientras esperaba un taxi se ratificó en que aquella vida frenética de trabajo y compromisos sociales era lo que le mantenía en forma. Mirando al futuro no se imaginaba paseando con un grupo de amigos en los atardeceres de verano. Conservaría su perfil agresivo hasta el final.

Llegó el taxi y emprendió el regreso por aquella carretera que conocía tan bien. Según le informaron Andoni y la guía, el embajador estaba muy satisfecho de haber venido a San Sebastián. Tras el almuerzo en Recondo, se le mostró la célebre bodega del restaurante. Disfrutó también en la excursión a Biarritz, donde alabó ante el pope la bella arquitectura de su iglesia. Al regreso, saludó a los deportistas ucranianos en el gimnasio y luego les acompañó al hostal. Explicaba Olga la emoción del grupo cuando se refirió a «la patria común, nuestra querida Ucrania, de la que sois tan embajadores como yo». Se despidió deseándoles los mayores éxitos en la regata del domingo. Otra inolvidable vivencia había sido la cena en Illunpe. A los postres, un grupo de socios había cantado «Tengo hambre, hambre, hambre» y «Kalinka». Vitali, el yerno del embajador, se había sumado al coro en esta última melodía con un potente registro de bajo.

Andoni informó que durante todo este tiempo el señor Redko no había pagado nada, ni siquiera hizo el gesto de sacar la cartera. Juan José Erdocia le explicó que en los países del Este los diplomáticos no cobraban dietas de representación.

En el trayecto desde el hotel al Auditorio, la familia de Miroslav Redko y el matrimonio Erdocia fueron saludados por numerosas personas. Arantza lucía espléndida en su chaqueta mil rayas azulina sobre fondo blanco. Los medios informativos habían interpretado la visita del embajador como un retorno a los tiempos en que San Sebastián era sede veraniega del cuerpo diplomático. Una vez dentro del Auditorio, todo fue un presentarse mutuo que duró los quince minutos previos al inicio del concierto. En un aparte, Juan José Erdocia propuso al responsable del ciclo de música que el ramo de flores al director de orquesta fuera entregado por Valeria, la embajadora consorte, idea que fue acogida con entusiasmo.

Ya de regreso en el hotel, Erdocia preguntó al embajador si le gustaba cazar. «Precisamente es mi afición favorita», le contestó. Contó que, durante sus vacaciones, se acercaba una semana a las albuferas del Dnieper para abatir patos y alguna especie de pelo. Brevemente, Erdocia le informó sobre el coto de Santa Inés y sobre el paso de torcaces en otoño. Le invitaba a acudir unos días al coto, a partir del Pilar, que abría la veda.

De la SER le dejaron aviso de que llamarían a las doce y cuarto para una entrevista por toda la cadena. Dio el número del fijo, que siempre ofrece un sonido de más calidad. Tras la ducha, cubierto con el albornoz, se sentó en el sofá y sintonizó la radio a bajo volumen para seguir la emisión. Una señorita le tuvo en espera, pasándole al poco rato a Iñaki Gabilondo.

—Tras los consejos comerciales, de nuevo buenos días, España, en este sábado espléndido. Llevamos ya una hora de recorrido de costa a costa, Mallorca, Málaga, Vigo, Cantabria, el Puerto de Santa María. Voy a confesarles la emoción que siento al conectar en este momento con mi ciudad. En la selección de personajes que han ido pasando por antena en esta última hora, incluimos a Juan José Erdocia, modelo de empresarios y a quien se augura, por diversas circunstancias que explicaremos, el más brillante porvenir. Juan José Erdocia, ¿dónde se encuentra ahora?

—En el chalet de Igeldo. En este momento, el cielo está totalmente despejado y el termómetro marca veintitrés grados. Desde aquí veo los caseríos rodeados por rebaños de ovejas y al fondo el mar.

—Envidia sana es lo que sentimos todos al escucharle. Aquí en Madrid hemos llegado a los cuarenta. Cuéntenos cómo está pasando el verano.

—Muy ajetreado, porque aparte del trabajo diario es que en esta ciudad hay de todo, paisaje, gastronomía, actividades y festejos para todos los gustos, una maravilla.

—El señor Erdocia, promotor de variadas empresas que han apostado claramente por la investigación y el desarrollo, está ahora embarcado en un proyecto de gran recorrido que es el de formar la mejor trainera que jamás existió en el Cantábrico. A ello dedica lo mejor de su tiempo y una parte importante de sus recursos económicos. Mañana es el gran día. ¿Ilusionado?

—Mucho. Hay en la ciudad un ambiente difícil de describir. Parece que se van a batir todos los records de espectadores. Esperamos ofrecer un espectáculo deportivo inolvidable. Y que gane el mejor.

—No sabe bien, Juan José, cuánto siento no poder acercarme a San Sebastián. Pero el deber es el deber. Por cierto, corren rumores de que es usted candidato a puestos políticos de alta responsabilidad. ¿Qué nos puede decir al respecto?

—Prefiero no adelantar nada de este asunto, porque no depende de mí. Son los partidos quienes eligen a sus cabezas de lista, y las elecciones todavía quedan lejos. En cualquier caso, pienso que hay gente muy preparada en todas las formaciones políticas.

(Se escuchan interferencias y distorsiones de sonido.)

—Perdone, Juan José, ¿tiene encendida la radio?

—La apago enseguida. Ahora se oye bien.

—Cambio a un tema más general, que a todos nos preocupa. ¿Cómo valora la situación del País Vasco?

—Todos los índices nos son favorables, una baja tasa de desempleo, los más altos salarios y pensiones del Estado y en el último lugar de la clasificación de capitales españolas en cuanto a delitos contra las personas. Invito a todos los oyentes a que nos visiten.

Iñaki Gabilondo anunció tres minutos de publicidad durante los cuales General Óptica ofrecía dos pares de gafas graduadas por 69 euros, Marina d'Or sus precios-oferta para septiembre, Air Comet los vuelos a Cuba con el único costo de los impuestos y Hyunday su nuevo utilitario por 7.800 euros. Gabilondo retomó la entrevista para finalizarla.

—Juan José Erdocia, un modelo para todos los empresarios de nuestro tiempo. Gracias por habernos atendido en nuestra ruta de los sábados por las principales poblaciones turísticas españolas. Y para mañana, en la regata, la mejor de las suertes. Por cierto, ¿cuál es el pronóstico meteorológico?

—Altas presiones, calor y ligero viento sur. En la mar, calma, esto nos favorece.

—Pues a lo dicho, mucha suerte. Seguro que nos veremos pronto.

Como cierre, de fondo se oía música de txistu.

Juan José Erdocia abrió la ventana y se asomó para sentir el aire fresco. Con el sudor, se le había quedado el pijama pegado a la espalda. Obsesionado con la regata, le había costado dormirse. Soñó confusamente en escenas donde su trainera no conseguía avanzar sobre un mar en calma a pesar del esfuerzo desesperado de los remeros. Más claros habían sido los sueños de los últimos minutos, poco antes de despertarse. Andrei Lisinchuk, al frente de sus compañeros, desfilaba por el puerto en uniforme de competición, y dos pasos atrás les seguía Andoni. Todos reían a grandes carcajadas entre la multitud.

Se encontraba solo en el chalet, porque Arantza pasaba el fin de semana en San Juan de Luz huyendo de las aglomeraciones y Germania tenía día libre. La tarde anterior había desconectado los teléfonos para que no le molestaran. Activó el contestador para escuchar los mensajes. Había varios, la mayoría de medios informativos que le solicitaban entrevistas, o una opinión. Los fue borrando, porque no le interesaba manifestarse en aquellos momentos. Hablaría con todos en la apoteosis que se produciría tras la regata y en la rueda de prensa del ayuntamiento.

A su número confidencial le llegó una llamada de Andoni.

—Estoy en el muelle, supervisando. Todo va bien. El doctor Arratibel les ha hecho algunas extracciones de sangre y están limpios. ¿Sabes quién ha aparecido en el hostal a las siete? El pope Eugeni, el de Biarritz. Se trajo todos los hábitos y les echó una bendición. Psicológicamente nos ha parecido muy interesante el detalle.

Antes de tomarse el café y el bollo, Erdocia hizo la señal de la cruz, por primera vez en muchos años antes de una comida. Inició con el pie izquierdo el tramo de escalera que bajaba al garaje. Al coger la Scoopy de Arantza añoró su Kawasaki roja, que ahora rodaría por la Costa da Morte pilotada por Gorka. Oyó ruido en el cielo, el del helicóptero de la televisión que ya sobrevolaba la bahía tomando imágenes. Diez minutos más tarde llegaba al portal de Julián Beraza.

Había preferido seguir la regata desde este piso, en lugar de embarcarse con las autoridades y los delegados, o verla desde su *Izarra*. El piso de Beraza ocupaba toda la sexta planta del edificio y disponía de una amplísima azotea desde la que se divisaba todo el campo de regatas. A salvo de las presiones de aficionados y periodistas, rodeado de amigos fieles, aquél era el sitio ideal.

El embajador Redko y su esposa saludaron efusivamente a Erdocia, en cuanto accedió a la terraza. Contaron que se habían acercado a primera hora al Hostal Record para mostrar a sus compatriotas la página del diario que anunciaba la retransmisión de la regata, en diferido, por el canal dos de la televisión pública ucraniana.

Julián Beraza había dispuesto en su azotea todo lo necesario para un seguimiento eficaz, y a la vez cómodo, de la regata. Un toldo naranja a medio desplegar protegía del sol de la mañana. Contra la pared aparecía una gran pantalla de plasma donde, en aquellos momentos, se mostraban imágenes del ambiente previo al gran acontecimiento deportivo. Instalados en soportes, junto a la barandilla, se alzaban tres voluminosos prismáticos binoculares Celestron Skymaster, a los que habían acercado taburetes para una visión más cómoda. Y en un ángulo de la terraza, todo el atrezo para un aperitivo suculento: las botellas de sidra, txakolí y de refrescos, sumergidas en agua con hielo, más las tapas y los *pintxos* variados, todo atendido por una veterana camarera uniformada.

A las once y media de la mañana, Joan Tresserras y su mujer, Elvira, contemplaban asombrados el espectáculo.

Llamaron a Juan José Erdocia para que se asomara a la barandilla. Señalaron con la mano.

—Mira, es increíble.

Un gentío enorme cubría las laderas de Igeldo, la Isla y Urgull, lo mismo que las playas, en marea bajísima a aquella hora. En la mar, cientos de embarcaciones adornadas con los colores de las traineras delineaban el campo de regatas. Dentro de este espacio, las tripulaciones calentaban sus músculos en tandas suaves culminadas por poderosos *sprints*.

En un extremo de la terraza, Aitor Bastarrica, el consejero Otaola, Rober Aldaia, Julián Beraza, Pablo Arriaga y el embajador Redko charlaban animadamente de cara al mar. Juan José Erdocia miraba atentamente por los binoculares.

Alineadas las tripulaciones, a las doce en punto el juez Iraola baja la bandera que marca el inicio de la regata.

www.ingramcontent.com/pod-product-compliance
Lightning Source LLC
LaVergne TN
LVHW010337200726
843507LV00010B/1536